그때
거기에서
지금여기까지
귀한
나이테
그려오신
나무라는 그대.
꽃들도
향기롭습니다.

이흥재

나무의 따뜻한 마음으로

그린이. 강석태

관계를 잇는
나무 인문학

;

나무에
문화꽃이
피었습니다

초판 1쇄 발행 2024년 3월 1일

글   이흥재
그   림   강석태

교   정   정소연
디 자 인   (주)아시안허브 출판사업부

발 행 인   최진희
펴 낸 곳   (주)아시안허브
출판등록   제2014-3호(2014년 1월 13일)
주   소   서울특별시 관악구 신림로 271(신림동, 진흥빌딩) 3층
전   화   02-6713-3028
팩   스   070-7500-3350
홈페이지   http://asianhub.kr

값 16,000원
ISBN 979-11-6620-179-0 (03810)

ㄴㄹㄱㄷ (나라가다)는
아시안허브출판사의 성인을 위한 인문학|어학 서적의 전문 브랜드입니다.

관계를 잇는
나무 인문학

;

나무에
문화꽃이
피었습니다

머리말

나무에는 이야기가 열려 있다. 시간뿐만 아니라 인간과 공간이 함께 만들어낸 것이다. 나무에서는 오랜 세월 켜켜이 쌓인 향기가 난다. 바로 문화다.

사람들도 삶의 궤적인 나이테를 듣고 말하고 싶어 한다. 어떤 이는 자랑, 어떤 이는 반성, 어떤 이는 다른 꿈으로 이어간다.

향기가 있는 주제로 수다를 떨면서 새로운 것을 찾는다. 그 향기는 '맘, 삶, 깸, 뜻, 앎, 힘, 꿈, 줌'으로 나온다. 사람의 얼굴에 있는 구멍 일곱 개에서 나온다. 세상 놀이터의 터무늬다.

어린이는 아프고 나면 마음이 크게 자란다. 어른은 아프면 맘이 상한다. 지금, 세상이 크게 아프다.

세상에 저마다 쏟아내는 설명이나 주장은 넘쳐나지만, 공감하기는 쉽지 않다.

무수한 말보다 부드럽게 바라보고, 다정하게 손을 잡아줄 때 더 많은 공감을 불러일으킬 수 있다.
나무가 사랑스러울 때 이 책을 펼쳐 공감할 스토리를 짧게 들려주면 어떨까.
예쁜 그림을 보여주며, 생각할 거리를 나누면 좋겠다.
내 생각은 잠시 내려두고 나무들의 수다를 따라.

차례

머리말   008

1. 멋진 맘

충무공을 달래준 매화 ································· 016

봄바람 만난 배꽃처럼   019

제자리에서 자기를 실현한다면   022

나무숲이 두려운 임금님 ··························· 026

뼛속까지 대나무를 사랑한 사람들   029

단풍에 물들어 함께하는 삶 ······················· 032

회화나무는 죄인이 아닌 자유인이다 ··············· 034

2. 아름다운 삶

나무 심기가 기본 개혁이다 ······················· 038

소나무 스승, 잣나무 제자   041

어리연꽃처럼 버텨내기   044

인간이 바이러스다 ······························· 048

놀라워라, 바나나 형 ····························· 050

뿌리를 북돋워주는 마음   053

곁을 내주니 사랑이 오더라   056

'붉은 두건'을 쓴 맨드라미 ························· 059

3. 숙성된 깸

몬드리안의 생각나무 ·················· 064

쌀밥나무에 담긴 마음 ·················· 066

탱자나무 가지가 마음을 찌르다 ·················· 068

자작나무 목간에 담긴 시간 ·················· 071

법은 백송처럼 희다 ·················· 073

굽이진 데서는 속도를 줄여야 오래간다 ·················· 076

소태 씹을 일 없는 세상 ·················· 078

4. 깊은 뜻

바오밥 나무와 카바리아 나무의 운명 ·················· 082

주인을 사랑한 개와 나무 ·················· 085

친척끼리 돌보는 나무 ·················· 088

유배길에 만난 단풍나무 ·················· 090

식물백신이 만들어낼 효과 ·················· 093

물음표 모양 향나무의 향기 ·················· 095

사시나무처럼 떨지 않는 삶 ·················· 097

5. 새로운 앎

공자와 살구나무 이야기 ···················· 102

나무 그림 한 폭을 닮은 삶 ···················· 105

나무에게 삶을 배우다 ···················· 108

포도 넝쿨 아래서 마음을 열면 ···················· 111

나무 성씨 글로벌 종친회 ···················· 114

아이들은 나무 아래서 자란다 ···················· 116

대나무가 아닌 마음에 새기는 시간 ···················· 118

6. 함께 나누는 힘

이슬에 영글고 봉황이 즐기는 ···················· 122

굽신거리는 풀, 고사리 ···················· 125

제자리를 찾아 지키는 삶 ···················· 127

수줍은 자작나무의 꽃말 ···················· 129

오래 살아 미안한 살구나무 ···················· 131

비탈길에서 홀로 빼어난 소나무 ···················· 133

잘못 없이 희생되는 나무 ···················· 136

7. 남겨둔 꿈

아담과 이브가 처음 입은 옷 ································ 142

사라져버린 수호천사 님프나무 ························· 145

나무의 욕망은 생존이다 ································· 149

나무의 힐빙 방식 ··· 152

나무가 자신을 지키는 방식 ······························ 154

연극배우로 등장한 나무 ································· 158

안방으로 들어온 감나무 ································· 161

8. 아낌없이 줌

나무를 찾아 달려가는 마음 ······························ 166

낙엽을 놓아버린 풋사랑 ································· 168

나무를 심어 자연에 동참하기 ··························· 171

자연의 질서대로 아릅답게 살아가기 ···················· 174

나이 든 나무의 시간 변주곡 ······························ 177

판타지 이상을 주는 나무 ································· 180

애국 소나무의 아픈 하트 ································· 183

돈 나무가 된 나무들 ······································ 185

나무 밑에서 자라는 창의력과 예절 ···················· 188

나무에게도 욕심이 있다 ································· 192

추천사 ·· 196

01
멋진 맘

충무공을 달래준 매화
봄바람 만난 배꽃처럼
제자리에서 자기를 실현한다면
나무숲이 두려운 임금님
뼛속까지 대나무를 사랑한 사람들
단풍에 물들어 함께하는 삶
회화나무는 죄인이 아닌 자유인이다

충무공을 달래준 매화

감옥에서 갓 나온 이순신은 지긋지긋한 전쟁터로 또 갔다. 묵묵히 길을 걸었다. 돌아가신 어머니, 바람 앞 촛불 같은 나라를 생각하니, 어깨가 천근만근이다. 터덜터덜 발을 옮길 때마다, 생각 도깨비가 오두방정을 떨었다. 존경받던 분이니 험한 생각을 하지 않았을 거라고 지레짐작하지 말라. 딱 죽고 싶은 마음이라고 일기장에 툭툭 던지듯 쓰곤 했다.

중국 전한 때 전쟁터를 훨훨 날던 이광(李廣)이 떠올랐다. 공을 세웠지만, 모함으로 재판을 받게 되자 자결했다. "60이 넘어 심판을 받는 치욕은 견딜 수 없다"며. 모욕감에 밀려서 자결해버려도 장군이라 부를 수 있나?

두 달에 걸쳐 걸었다. 4월 초 들꽃이 피고 있건만, 눈에 들어오지 않았다. 새들이 조잘거리는데, 귓가에 다가오지 않았다. 산청에 들었다. 잠자리조차 없어, 어느 노비의 집에서 하룻밤을 묵었다. 잠은 아니 오고, 돌아가신 어머님 생각에 머리가 아팠다. 방금 먹은 찬밥이 얹힌 듯 속조차 답답했다.

방을 나와 뜰에 내려섰다. 하얀 꽃이 핀 나무 한 그루가 눈에 살포시 들어와 앉았다. 매화나무였다. 아무도 봐주는 이 없는 컴컴한 밤에 홀로 피어 있었다. 얼마 안 가 질 텐데도 그저 홀연히 피어 있는 모습이 꼭 자신과도 같았다.

"누가 알아주지 않아도 저 스스로 환하게 피어 있구나."

섬돌을 밟고 툇마루를 내려가니 향기가 그윽하다. 그 고운 향기가 주위에 퍼져 있다. 누굴 위해서가 아니라, 저 스스로 향기를 지닌 채…….

"아, 진정 아름다운 향기는 자신을 위해서 내뿜는구나."

명예에 생채기가 났다고 투덜거리고, 푸대접에 한탄하는 자신이 부끄러웠다. 자괴감에 기죽고 의연하지 못했던 스스로가 창피했다.

방에 들어오니 박 노비가 어디 불편하시냐고 물었다. 그냥 속이 좀 거북해 거닐다 왔다고 하니 박 노비가 아내에게 일러 차를 내왔다. 한잔 마시고 나니 속이 편해졌다. 매실차였다.

아! 이 밤에 홀로 조용히 꽃을 피우고, 짙은 향기로 남더니,

몸까지 달래주는구나. 매화가 힘을 주었다.

하루를 더 머물고 난 그다음 날, 삼도수군통제사에 재임명되었다는 전갈이 왔다. 매화에게 위로를 받은 터라, 전장으로 향하는 발길이 한결 가벼워졌다. 몸과 맘이 치유된 것이다.

"그래, 나를 위해 내 일을 하자!"

전쟁을 승리로 이끌어낸 뒤, 이순신은 그 매화나무가 생각났다. 힘들 때마다 그 매화나무를 떠올렸다. 여수 진남관, 통영 통제영 세병관에 매화나무를 심도록 했다. 진남관 '매화원' 뜰에는 매화나무 세 그루가 자라고 있다. 이곳 사람들은 매화에서 이른 봄을 맞이한다.

산청 박 노비 집 담벼락에 붙어 있는 사각진 연못 옆에도 그 매화나무 후손이 살아 있다.

봄바람 만난 배꽃처럼

추운 겨울을 그린 세한도에는 화사한 이야기 꽃이 활짝 피어난다. 추사는 세한도에 인연 등 이런저런 생각을 펼쳐놓았다.

추사의 그림을 본 청나라 학자들이 글을 남겼다. 즐거웠던 봄날의 추억을 꺼내 추사에게 위로를 보냈다. 자유로운 영혼이 여기저기서 춤을 추었다. 더불어 절개를 지키는 추사에게 존경하는 마음을 담아 글을 띄웠다. 추사를 시들지 않는 꽃이라고 불렀다.

> 화창한 봄날 꽃이 필 때, 어찌 뭇 꽃들과 함께하지 않으랴만, 바람과 서리가 세차게 몰아칠 때, 푸르름이 더욱 두드러지네. 시들지 않음으로 성인의 가르침을 펼쳤으니, 세상의 그릇됨을 한탄하지 말지어다. 곤궁할수록 도가 더욱 굳건한 법, 부디 군자의 가슴 펼치시구려.
>
> – 풍계분(馮桂芬)

봄날 자연 풍경이 변하듯 새 마음으로 다시 만날 것을 기약하는 그리움도 담았다.

하늘을 찌르는 검푸른 빛 구름에 닿아 적막한 공산에 홀로 서 있다. 오랜 세월 산골에 자취를 두고, 고상한 절의로 우뚝 서 있다. 찬 서리 내린 세월을 겪지 않으면 따뜻한 봄날 자연의 마음을 어찌 알랴.

– 주익지(周翼墀)

봄바람 만난 배꽃처럼 서로 기대며 지내고픈 속마음을 노래했다.

옛사람의 마음 닮은 고상한 이의 지조, 눈과 서리 겪을수록 더욱 푸르거니. 이 같은 절의를 누가 가질 수 있을까? 허허, 복사꽃, 배꽃의 아름다움은 봄바람에 기대 살랑거릴 뿐이다.

– 오순소(嗚淳韶)

그들은 언젠가 서로 사랑하며 영원을 기약하는 그때 그 모습을 되찾기를 기대했다. 금세 왔다 번개처럼 지나가니 초조해하지 말라고 달랬다. 그리고 그 봄바람 속에 조용한 시간이 꼭 올 것이라고 다짐했다.

뭇 초록들, 화사한 봄에 맵시 뽐내자, 그 봄 지나고 나면, 한 번에 주저앉고 마네. 매서운 추위에 아랑곳없이 강한 모습으로 스스로 버텨내네. 때를 만남은 시기가 있는 법, 알아주는 이 없다고 걱정하지 말고 소나무와 측백나무처럼 서로 사랑하며, 영원을 기약하구려.

- 요복증(姚福增)

봄날 화려함 봄내는 복사꽃, 오얏꽃이 어찌 없으랴만, 푸르름
이 한겨울을 품고, 찬 서리 속에 꼿꼿하고. 아, 인간 세상, 백
년이 번개처럼 지나가네.

- 조무견(曹楙堅)

봄바람이 막 불어올 땐, 다투는 듯 보이지만, 대항할 상황에
선, 조용하고 반듯하네.

- 조진조(趙振祚)

대가들의 글 잔치판, 그 한쪽 구석에 노란 포스트잇 한
장을 붙여두었다.

흔한 꽃 한번 피우지 않고도 늘 푸르른 나무들, 눈 속에 꼿꼿
이 서 있기 고통스러울지라도 배배 꼬인 세월 깔고 금방 지
나갑니다. 추운 겨울 침잠에서 고요함이 돋보입니다. 이 소
생, 선생님의 그림 너머에 있는 반듯함을 따라 오늘을 이어
갑니다.

- 이 아무개

제자리에서 자기를 실현한다면

봄날 산길에서 만난 고사리는 어느 날 문득 삐쭉 솟아 나온다. 그러고는 물음표를 만들어 새침데기처럼 서 있다.

먼 옛날 백이, 숙제는 서로 왕좌를 양보했다. 형이 동생에게 양보하며 나라를 떠나버리자 동생도 따라나서 주나라에서 함께 살았다. 그런데 삐뚤어진 무왕의 정치를 비판하다가 뜻을 이루지 못하자 수양산으로 숨어 들어갔다. 거기서 3년 만에 죽었다. 사람들은 두 사람을 두고 고사리와 엮어냈다.

형제는 산속에서 고사리를 뜯어 먹었다, 부녀자들이 고사리도 주나라 땅에서 나는 건데 괜찮겠냐고 비아냥거렸다. 처음에는 흘려들었으나 어느 현인이 다시 똑같이 말하자 충격을 받았다. 둘은 입을 닫고, 굶었다.

세월이 많이 흐른 뒤에 어떤 이는 이야기를 더 찰지게 꾸몄다. 옥황상제가 사슴 젖을 내려주자 잘 먹었다느니, 나중에는 고기가 먹고 싶어져서 사슴을 죽이려 했다느니…… 소설

속 백이숙제는 웃음거리가 됐다. 좋은 뜻도 퇴색되었다. 사람들은 여러 말을 덧붙였다. 백이숙제가 소심해서 수양산에 들어갔고, 적극적인 삶 대신 죽음으로 현실을 도피했다고. 자기에게 미칠 화가 두려워 죽었다고 비아냥거린다. 오늘날 우리가 주목할 것은 고사리도 아니고 이러한 비아냥도 아니다. 공자님이 나서서 논어 한 구절에 새겨두었다.

> 백이와 숙제는 오래된 악을 마음에 두지 않는지라[不念舊惡],
> 이 때문에 사람을 원망하는 일이 드물었느니라[怨是用希].*

공자님은 인자하게 덧붙였다.

> 자기에게 미칠 화를 두려워해서 산으로 피신한 것이 아니다.
> 선을 실천하려고, 선하지 않은 것을 미워했을 뿐이다. 오직 자
> 기를 실현하는 하나의 방식이었을 뿐이다. 그러기에 그들은 다
> 른 사람을 원망하지 않았다.

사람을 평가할 때 과거를 묻지 말고, 감정을 개입하지 말라는 뜻이다. 공자는 이들이 자기실현을 위해 입산한 것일

---

* 논어 공치장(公冶長) 편 22장.

뿐이라고 감쌌다. 땅에 떨어진 백이숙제를 공자가 높이 치켜올렸다.

공자님의 해석에 힘입어 중국 땅을 찾은 조선의 정치 사신들은 특이한 행동을 했다. 황해도 해주 수양산 기슭에 있는 백이숙제 사당(청성묘)에 가서 짊어지고 간 고사리를 꺼내 국을 끓여 먹곤 했다. 두 분의 정신을 되새김하는 퍼포먼스다.

요즘 우리네 정치 뒷골목에서도 고사리국을 끓여 먹듯 퍼포먼스를 펼치는 이들이 많다. 용을 쓴다 해도 흙탕물에 끓여낸 고사리탕일 뿐이다. 스스로는 그렇게라도 해야 속이 편한가 보다. 그러고는 없는 이야기로 선악 잡탕밥을 만들고 원망을 들을 일을 해댄다. 자존감이 낮으니, 남을 깎아내리는 것밖에는 할 일이 없나 보다.

말을 줄이자. 육식자에 비교해서 나무라지 말자. 백이숙제가 먹은 것이 야생 완두콩이건 고사리건 그냥 콩잎이나 뜯어 먹은[藿食] 것으로 치고 넘어가자.

나무는 혼자서 가지를 뻗지 않는다. 주변 친구들과 상의하고 서로 해치지 않으며 뻗어나간다. 인간들도 자기실현 방식을 협의하면 흉이 적을 터, 굳이 고사리국을 끓여 먹는 궁상을 떨 필요까지는 없다. 각자 자기 자리에서 잘하면 된다.

제자리에서 평생을 사는 나무는 남을 미워하거나 원망하지 않고 자기를 실현할 뿐이다. 인간들에게서는 보기 힘든 방식으로······.

나무숲이 두려운 임금님

신라 경문왕 이야기는 실제로 기록에 있는 이야기다.* 왕의 침실에 매일 저녁 수많은 뱀이 모여들었다. 신하들이 이들을 쫓아내려 하니 왕이 말했다.

"나는 뱀이 없으면 편히 잠들 수 없으니 몰아내지 말라."

경문왕은 즉위한 뒤부터 귀가 점점 자라더니 마침내 당나귀 귀처럼 되었다. 이 사실은 모자를 만드는 복두장(幞頭匠) 외에는 아무도 몰랐다. 그는 입이 근질근질했지만 함부로 발설할 수 없어 끙끙 앓았다. 그러다 죽을 무렵에야 사람이 없는 도림사(道林寺) 대나무숲에 들어가 시원하게 외쳤다.

"우리 임금님 귀는 당나귀 귀다."

그 후로 바람이 불면 대나무숲에서는 이 같은 소리가 났다. 마침 지나가던 경문왕이 이 소리를 듣게 되었다. 왕은 깜짝 놀라 누가 들을까 봐 대나무를 모두 베어버리라고 했

---

* 삼국사기 신라본기 11권.

다. 그러고는 거기에 산수유나무를 심게 했다.

그런데 산수유나무 가득한 이 숲에서 이번에는 다른 소리가 들려왔다.

"임금님 귀는 길다."

표현이 좀 점잖아졌지만, 귀는 여전히 놀림감이었다. 나무들은 왜 이렇게 임금님의 귀를 조롱했을까? 왜 하필 귀를 흥봤을까? 밤에 왕의 침소로 몰려든 뱀들은 꽃뱀이었을 것이다. 꼬리를 살살 흔들며 접근해 오는 꽃뱀들. 밤을 노리는 꽃뱀은 조심해야 할 터인데, 어쩌다 귀를 물려 독이 들어간 것이 아닐까?

화랑 출신인 경문왕은 자신의 후배 화랑들만 뽑아서 자리를 주었다. 유능한 사람들은 외면당하고, 귀족들은 아부하기에 바빴다. 아부꾼들이 한자리 차지하려고 임금님께 귓속말로 속닥거리다가 침이 튀고 바이러스가 침투했을 것이다. 아니면, 귀지로 막힌 귀를 청소하겠다고 주치의가 설레발치며 마구마구 쑤셔대서 부어오른 것일까.

백성들이 알까 봐 고민하던 대변인이 귀를 예쁘게 장식하면 감출 수 있다고 딸랑거렸다. 기막힌 아이디어라며 아부꾼들이 엄지손가락을 치켜세웠다. 그들은 친척 되는 '유명한 엉터리'를 시켜 호화판으로 '귀 치레'를 했다. 당나귀 귀를 치레한들 당나귀는 당나귀일 뿐, 모두 다 허세판이다. 더구나 코걸이를 귀에 걸어놓고 귀걸이라고 우겨댔다.

꽃뱀, 후배, 귀족, 돌팔이, 대변인. 이들 때문에 내 귓불이 후끈거린다. 백성들의 소리를 듣지 않고 고집만 피우는 임금이 미워서 사관이 슬쩍 흘리듯 써넣은 이야기일 것이다. 예나 지금이나 거짓말 한마디 하지 못하면, 관리로서는 심각한 일이다.

오늘날 도시 한복판에도 숲이 있다. 대나무만큼이나 빽빽한 '빌딩숲'에서 무슨 소리가 자꾸 들린다. 숲속에서 나는 소리에는 귀를 기울여야 한다. SNS에는 꽃뱀들이 득시글 득시글하다. 거짓말이든 뭐든 밑도 끝도 없이 갖다 붙여 권력 근처에서 꽃놀이를 즐긴다. 세상 사람들은 다 아는데 '막귀'는 못 알아듣는다. 모여서 떼굿을 해야 겨우 알아듣는 시늉을 한다. 막귀 대통령들에 비하면 경문왕의 귀 이야기는 귀여운 수준이다.

뼛속까지 대나무를 사랑한 사람들

어른이 되면 자기 마음속을 담아 호를 지어 이름으로 삼는다. 스스로 지어서 남들에게 알리고 호에 담긴 좋은 뜻대로 살겠다고 다짐한다. 꿈꾸는 대나무의 삶을 따라 살고 자신의 뜻을 펼친 대나무를 닮은 사람들이 있다.

죽음으로 뜻을 지킨 성삼문의 호는 매죽헌(梅竹軒)이다. 매화나무의 운치를 지닌 집현전 학자. 그는 뛰어난 학자의 삶을 먼저 꿈꾸었을까.

> 대나무는 성인(聖人)의 맑은 기상,
> 매화는 선인(仙人)의 뼈대.*

성삼문은 올곧고 강직한 품격을 갖고자 '대나무'를 호로 삼고 내내 지켰다. 그는 자기만의 세상을 대쪽처럼 지키다 결국, 죽어서도 영원히 사는 사람이 되었다.

---

* 서거정, '매죽헌(梅竹軒)'의 일부.

정여립은 '대나무가 많은 섬'을 생각하며 호를 죽도(竹島)라 지었다. 죽도는 '육지 속의 섬'이다. 금강 상류의 두 물줄기가 만나 사방을 에워싸고 흐르듯이 그 안에서 더불어 살고 싶었나 보다. 그는 한겨울에도 푸른 산죽(山竹)처럼 뼛속까지 함께 뭉쳐진 대나무로 살다가 홀연히 스스로 재촉하며 갔다.

서거정은 대나무, 매화, 연꽃, 해당화를 좋아해 사가정(四佳亭)이라고 호를 지었다. 집안 가득히 나무를 심어놓고 즐기며 '정정정(亭亭亭)'이라는 호를 썼다. '정정정'은 '나무나 산이 우뚝 솟아 있는 모양'을 말한다. 나무를 가꾸며 정정하게 살고, 우뚝 솟은 나무가 높은 하늘을 즐기듯이 학문을 즐겼다.

이들은 어지러운 세태 속에서도 시대의 질문에 충실했다. 세상 사람들이 그들에게 시대를 물었을 때 손짓으로 대나무를 가리키고 입은 닫았다. 나이테가 없는 이 나무의 속이 텅 빈 것은, 그래야 빨리 자라기 때문이다. 시간에 쫓겨서 텅 빈 공간을 내주고라도 뛰쳐나가 뜻대로 살기 위한 것이다.

대나무를 사랑한 성삼문, 정여립, 서거정. 삶은 대쪽처럼 살기는 어렵지만, 살아보는 것이다.

인간에게서 상상과 꿈을 쥐어짜 모두 앗아가고 나면 남는 것이 없다. 나무 끝에 주렁주렁 매단 꿈은 그냥 꿈이 아니다.

단풍에 물들어 함께하는 삶

단풍나무는 부잣집 막둥이 도련님 같다. 어릴 때부터 귀티가 흐르고, 커서도 그 자태가 바뀌지 않는다.

김조순의 호는 풍고(楓皐). '단풍나무 언덕'이라니, 풍류가 넘친다. 실제로 집 주위에 단풍나무를 가득 심었다. 김조순은 정조 때 개혁정치의 중심에 서 있었다. 자신의 딸이 순조의 왕비로 책봉되자 권력을 휘두르며 국정을 쥐락펴락했다. 안동 김씨의 세도정치는 이 '단풍나무 언덕'에서 바람을 일으켜 60년을 이어갔다. 단풍나무는 무시무시한 권력의 상징이었다.

서유구의 호는 풍석(楓石). '섬돌 위에 심은 단풍나무'. 그는 젊은 시절부터 자연과 더불어 살아가는 삶을 즐겼다. 경기도 장단의 학산(鶴山) 아래 살았는데, 집의 정원에 섬돌을 쌓고 그 위에다 단풍나무 여러 그루를 심어 병풍처럼 둘렀다. 그 옆에 '풍석암(楓石庵)'이라 이름 붙인 서재에서 책만 읽었다. 단풍나무와 섬돌이 내는 화음이 그윽했을 터이다. 그는 자연 바람, 돌 틈새에 이는 단풍나무 잎사귀에 이는 에너지로 나무와 더불어 살면서 나무 이야기에 대한 책을 썼다.*

단풍나무 언덕에 불던 정치 바람, 풍석 위에 불던 독서 바람. 어느 단풍나무에서 더 귀한 자존감이 나왔을까? 예로부터 단풍나무는 '궁궐을 상징'하는 출입금지 표시였다.** 자기 행동이 강하면 남의 생각은 잡념에 불과하다. 그러고 나서는 그 터에다 제 궁궐을 짓는다.

권력과 문화는 혼자 놀면 위험하다. 가슴을 맞대고 짝춤을 추며 서로 향기를 나눌 때 하나가 된다. 권력이 빨리 가자 재촉하면, 문화는 제대로 가자고 발길을 바꾼다. 문화가 제자리서 헤매면, 권력이 앞장서 길을 터준다. 단풍나무집 화롯가에서 권력놀이로 찬 서리가 일 때, 또 다른 단풍나무집에서는 책 읽는 소리로 봄바람이 인다. 다음 날, 세상은 다른 나무들 사이에서 햇빛으로 반짝인다.

회화나무는 죄인이 아닌
자유인이다

창덕궁 산책길에서 섬뜩한 이야기 한 토막을 들었다. 선인
문 옆 귀퉁이에 등이 굽은 회화나무가 있다. 이 나무는 창
경궁 문정전 앞뜰에 놓인 뒤주 속에서 울부짖다가 선인문
으로 실려 나간 사도세자를 묵묵히 지켜보았다.

끔찍한 일들을 다 보고 난 뒤 속이 시커멓게 타 문드러져버
렸다. 시커먼 속내를 다 보여주는 이 나무, 이제 등도 굽고
머리카락도 성근 채 앙버티고 있다. 세월의 밧줄에 묶인
꺾인 삶을 지켜보는 회화나무는 죄가 많은가 보다.

해미읍성에도 회화나무가 있다. 천주교 순교자들이 이 나
무에 쇠줄을 걸고 목을 매달았다. 나무가 볼 것, 못 볼 것
을 다 본다.

중국 북경 경산공원의 회화나무는, 그 이름조차 '죄지은
회화나무[罪槐]'다. 명나라 마지막 황제 숭정제가 목매 죽
은 나무라서 붙여진 이름이다. 무슨 죄가 그리도 많아 업
보를 품고 속이 오그라들어가는가. 새카맣게 탄 속을 움켜

쥔 채, 세월에 저항하고 있는가. 제 길 찾는 자유가 그리
도 큰 죄였던가?

회화나무는 자유나무다. 학자처럼 제 맘대로 뻗어나가는
저항 없이는 자유인이 될 수도 없다. 순교자는 진리를 죽
음과 맞바꿀 각오로 숨을 쉰다. 애당초 죄는 인간의 태생
적 장치다. 스스로 만들어 옥죄며 숨을 몰아쉬게 하는 삶
의 장비다.

산청 남사예담촌 이씨고가 길목, 다정한 회화나무 두 그루
가 양쪽에서 자라면서 올라오다가 서로 부둥켜안고 있다.
햇빛을 잘 받을 수 있게 살짝 비켜선 세월의 변주곡이다.
부부나무라는데, 유학이 유명한 동네, 학자수라는 이름과
어울리는 '사제나무'라고 부르면 더 좋을 뻔했다.

훤칠한 회화나무를 만났다. 여주 효종릉의 제각 담 안쪽
회화나무 한 그루. 푹신한 이끼 카펫을 밟고 담벼락에 멋
지게 기대 서 있다. 귀한 효자의 모습뿐이다.

나무에게 무슨 죄가 있을까? 회화나무는 죄인인 듯 착한
자유인이다.

02

아름다운 삶

나무 심기가 기본 개혁이다

소나무 스승, 잣나무 제자

어리연꽃처럼 버텨내기

인간이 바이러스다

놀라워라, 바나나 형

뿌리를 북돋워주는 마음

곁을 내주니 사랑이 오더라

'붉은 두건'을 쓴 맨드라미

나무 심기가 기본 개혁이다

개혁군주 정조는 화성에서 자신의 뜻을 펼치려 했다. 그는 화성 개천에 버드나무를 잔뜩 심었다. 버드나무 가지마다 꿈을 매달아 덩실덩실 춤추게 했다. 한양에서 내려오는 길목 쉼터에는 늘 푸른 소나무를 심었다. 가마를 세우고 숨을 고르며 그윽한 솔향기로 마음을 깨끗하게 하고[洗心] 평정심을 가다듬었다.

진나라 멀티플레이어 진정 왕. 첫 황제가 되고 싶은 욕심에 이름까지 진시황으로 바꾸었다. 그는 개혁에 걸리적거린다고 시, 서경을 다 불태웠지만, 나무재배법에 관한 책은 태우지 못하게 했다. 봄에는 숲속에서 나무를 베지 못하게 하고, 여름철이 되기 전에는 풀을 태워 재를 만들지도 못하게 했다. 나무를 삶의 터전을 지탱하는 버팀목으로 삼은 것이다. 이에 대해 대나무로 만든 책에 기록해두었다.*

---

* 《수호지진간(睡虎地秦簡)》.

꿈을 꾸는 개혁가들은 유난히 나무를 사랑한다. 생명, 자연, 미래를 가꾸는 첫발이기에.**

정약전은 귀양살이로 힘들게 살면서도 소나무로 꿈을 꾸었다. 소나무에 세금을 징수하니 백성들은 잘 보호하려 애쓰기보다 몰래 뽑아 없앴다. 주인은 세금을 줄이려 나무를 베어내고, 나무를 베어내니 관리는 또 벌금을 물렸다. 소나무 때문에 갈수록 싸움만 늘어나니 산과 들에 나무를 가득 채워야 한다고 개혁안을 짰다.***

요즘 개혁가들은 자연을 마구 뒤집어 엎는다. 소중한 땅, 물, 바람, 햇빛에까지 몹쓸 손을 댄다. 알량한 생각으로 자연을 흐트러뜨린다.

그 옛날 개혁의 미학은 나무와 나누는 공감에서 시작했고 아름답게 서로를 껴안았다. 소나무를 사랑한 정조는 송충이조차 함부로 대하지 않고 조심스레 대했다. 잡은 송충이는 멀리 바닷가에 가 물에 띄워 보내게 했다.

요즘 개혁은 자연과 친해지도록 다시 바뀌어 틈만 나면 나

** 진시황은 의학, 식목 재배법, 복서(卜筮)에 관한 책을 태우지 못하게 했다.
*** 정약전, 《송정사의(松政私議)》.

무를 심게 한다. 자연을 아름답게 가꾸는 데에는 나무가 으뜸이다. 지구가 들숨, 날숨을 편하게 쉬게 하려면 더 많은 나무가 필요하다.

나무로 가득한 삶의 터전을 다시 꾸미는 나무 심기가 가장 기본적인 개혁이다. 더 늦기 전에 서로가 서로를 아끼는 마음으로.

소나무 스승, 잣나무 제자

이상적과 김정희. 서로 의지하는 제자와 스승 사이다.
중국을 다녀오던 이상적은 스승에게 책을 듬뿍 구해주었
다.* 귀하디귀한 책뿐 아니라 좋아하는 차까지 챙겨 와 스
승을 기쁘게 했다. "천만 리 먼 곳에서 사들이고, 여러 해
동안 얻은 것"이라며 스승은 감동했다. 나무가 고목이 되
면 오던 새도 아니 온다는데, 스무 살쯤 어린 제자가 '고
목인간'을 찾아온 것이 고마웠다. 권세나 이익만 좇는다면
한심한 처지가 된 자신을 따를 리 없다.

감사의 뜻을 담으려 붓을 든 추사. 공자의 말씀을 떠올렸다.

차가운 겨울이 되어서야 소나무와 잣나무가 시들지 않는 것을
알 수 있다.

---

* 중국을 열두 차례나 다녀오면서 처음에는 《만학집》 등 79권, 또 한 번은 《황조경세문편》
120권을 사 왔다.

추사는 사철 변하지 않는 심성을 지닌 두 나무를 그렸다. 추운 겨울을 지나 새로 맞을 봄기운을 담았다. 사랑과 존경으로 주고받는 심지(心志)를 그림 속에 모두 담을 수는 없다. 수다스레 많은 이야기를 펼칠 필요도 없다. 소나무와 잣나무가 마주 보고 서 있는 것이면 충분하다.

고졸한 집을 먼저 그려 넣었지만 그것은 그냥 배경일 뿐이다. 그리고 싶었던 것은 오직 자신의 마음이다. 한겨울 추위 같은 외로움은 여백으로 남겨두었다. 추사의 그림 〈세한도〉는 자연과 더불어 고즈넉이 사는 관조적 미학을 담고 있다.

나머지 이야기는 이상적 자네가 보고 느끼게나[藕船是賞]…….

잣나무는 열매를 맺고 키워서 나눠준다. 그래서 추사의 마음속 이상적이다. 늘 푸른 잎, 고소한 열매 모두 추사를 즐겁게 해준다. 식혜 잔에 동동 떠다니는 잣알[實柏]처럼 세상을 떠다니다 추사의 입 속에서 톡 터지며 고소한 맛을 전해주었다. 세한도는 소나무 추사, 잣나무 이상적이다. 섬세하고도 감성적인 심성을 담고 있다.

그런데 지식이 하나 생기면, 고민거리도 늘어난다.

백(柏)을 우리는 잣나무로 알고 썼는데 중국에서는 측백나무를 뜻하는 글자라고 한다. 중국인들은 그 차이를 알고 풀이 글을 썼을까. 하늘까지 솟은 오래된 측백나무[參天古柏]나, 소나무와 측백나무가 빽빽이 들어선 것[松柏森然]에서 또 다른 뜻을 찾아냈을까.

잣나무든 측백나무든 그 나무가 이상적이든 아니든…….
아름다운 관계를 그린 세한도는 추운 겨울에 마음속에 심어둔 따뜻한 이야기 나무다.

배경은 언제나 봄, 제대로 지키고 즐기지 않으면 곧 사라진다. 스승과 제자 사이도 아름다움을 지켜야 오래간다.

어리연꽃처럼 버텨내기

흙과 나무에 기대고 평생을 사는 이들에게 삶의 법칙은 그리 복잡하지 않다. 슬픔이나 고통도 그저 순리에 따르면 되는 것이다. 자연이 주는 만큼 받아 누리고, 부족하면 줄여 쓰면서 맞춰 산다.

삶에 스며드는 변화를 거스르지 않으니 즐거움이 넘친다. 그들에게는 흙이 학교, 그 흙에 뿌리내리는 나무가 선생이다. 콩잎이나 뜯어 먹고 사는 사람들은 그렇게 산다. 요즘 그들을 괴롭히는 것은 정치다. 거창한 일을 한다고 뻐기지만 들여다보면 그조차도 단순하다. 어떻게 하는 것이 잘하는 정치일까. 뿌리를 가꾸고 사는 이들의 눈에는 복잡하지 않다.

종수(種樹) 곽탁타의 이야기는 소꿉놀이터에서 노는 아이들이 하는 나무를 심는 놀이 같다.

나는 나무의 자연스러운 본성을 살려준다. 뿌리는 쫙 펴주고, 흙을 골고루 북돋아줘야 한다. 옮길 때는 원래 덮었던 흙을

같이 옮겨주고, 잘 다독거려줘야 한다. 그러면 나무는 스스로 성장하는 본성대로 살아남는다. 결국 나는 성장을 방해하지 않았을 뿐, 열매를 일찍 많이 열리게 하는 비결이 따로 있는 것이 아니다.

요즘 식으로 정리하면, 지나치게 관여하지 않고 본성대로 자라도록 방해하지 않는다는 것이다.

토목(土木)이 아닌 문(文)으로 정원을 실현한 유종원은 차경 법 조경의 원조다. 그의 집 정원관리인 곽탁타의 나무 심 는 이치를 받아서 정치를 설명한다.*

관리들이 법을 많이 만드는 것은 백성을 배려하는 것처럼 보이지만 실제는 백성들을 괴롭히게 된다. 각자가 알아서 생산하고 안정된 생활을 하도록 놓아두어야 한다. 법을 많이 만들수록 오히려 어렵고 피곤해질 뿐이다.

농사일에 오래 몸담은 경험에서 나온 소박한 지혜지만, 정 치사회에도 응용할 만하다.
거듭 생각해봐도 명답이다. 나무를 심는 것처럼 국민들이

---

* 유종원(柳宗元), '종수 곽탁타전'.

속 편하게 일하도록 정치가 간섭하지 말아야 한다. 세상사, 있는 만큼 쓰고, 쓸 만큼만 있으면 된다. 지나치게 묶어두거나 흔들어대면 나무처럼 국민도 괴롭다.

나무의 뿌리처럼 팔다리를 편하게 뻗고 살도록 해주는 것이 바로 정치다. 나무에 흙을 돋우어주듯이 삶에 에너지를 북돋아줘야 한다. 안정감을 주고, 심장에 충격을 줄 만한 일을 줄여야 한다. 일한 만큼 과실을 내주는 나무처럼, 땀을 흘린 만큼 제 나름의 성과를 거두게 하는 시스템으로 운영해야 한다.

자리를 차지하려는 싸움질을 흔히 정치라고 오해한다. 뿌리를 내릴 만하면 서로 흔들어댄다. '뿌리 깊은 나무' 꼴을 못 보는 허수아비들 때문에 정치를 '뻘짓' 한다고 본다. 집 지키는 개를 꾸짖는 도둑놈처럼 여기저기다 대고 웅얼거리는 정치꾼들이 문제다.

곽탁타의 소박한 생각으로 오늘날의 정치판을 돌아보니 연꽃 사랑 이야기 한 토막이 떠오른다.

> 연꽃은 진흙탕에서 자라도 더럽혀지지 않고, 물결 속에 솟아 있으면서도 요사스럽지 않으며, 속은 텅 비어 있고, 겉은 곧으며, 가지도 치지 않는 데다, 그 향기는 맑고 그윽하다. 고요

히 솟은 그 깨끗한 모습은 멀리서 바라볼 수는 있어도 결코 놀잇감으로 삼을 수는 없다.**

제자리에서 향기를 멀리멀리 내뿜는 한 송이 어리연꽃으로 뿌리내린다면 험한 이 세상에서 그런대로 우리 모두 버틸 만하다. 모두 다 제자리가 있다.

** 주돈이(周敦頤), '애연설(愛蓮說)'.

인간이 바이러스다

지금 인류가 지구를 죽이려 한다. 그래서 인구의 일부가 죽으면 지구가 편해진다! 이제는 인간이 바이러스다.*

출퇴근길에 날마다 오르내린 전철역 계단. 쉼터와 일터를 무심하게 이어주는 곳이다. 출근 시간에 쫓길 때는 계단이 너무 많다고 탓하고, 퇴근할 때는 웬 사람들이 이리도 길게 늘어서 있느냐며, 발길은 늘 통탕통탕 삐그덕거렸다.
"어서 오세요."
그 아래서 허리 숙여 인사하는 군포역 계단 앞 키 작은 늙은 향나무 한 그루. 계단 아래 몸을 웅크리고 있다. 눈길 주는 이 따로 없어도 그냥, 살아남아 있다.
누군가는 퇴근길 아버지에게 우산을 전해주던 곳, 먼 길 떠나는 손님을 배웅하던 이정표로 산다. 그 옛날 흰 저고리를 입은 이들이 모이던 그 자리에 아직도 서 있다. 폭포처럼 세월이 흐른 지금, 소중한 것은 늘 가까이에 있었다.

---

* 영화 '킹스맨'에서.

언제부터인가 일상이 새삼 귀중해졌고 고목 한 그루에도 가슴이 저민다.

요즘은 고통스런 공해와 소음 때문에 잔뜩 웅크린 모습으로 성긴 세월에 던지는 투망의 벼루줄을 움켜쥐고 흘러내린 생명 놓지 않으려 앙버티는 늙고 구부정한 그 나무. 코로나 역병으로 웅크리며 숨죽였던 딱 우리 모습이다.

지구의 눈에는 우리 인간들이 바이러스다. 숨죽이며 보내고 나니 생명이 모두에게 우선이 되었다. 역병에 짓눌리고 나니 왜 그리 지구를 괴롭혔는지 뒤늦게 후회가 밀려든다. 모과나무처럼 뒤틀린 심사를 갖던 때가 부끄럽다. 지금 우리 앞에 뭐가 보이나? 사람이 놀랐을 때 보이는 첫 반응은 진심이다. 이제 정말 소중한 것은 생명! 사라지지 말고 살아남아야 한다.

욕심이 넘쳐서 탈이 난 요즘 세상이다. 슬퍼서 웅크린 삶은, 믿음으로 펴야 한다. 숨이 편안해질 때까지 이 기억을 꼭 끌어안고 가야 한다. 박달나무에도 좀이 슬 때가 있다.

놀라워라, 바나나 형

여행 중에 무심코 들은 한마디가 충격이었다. 식물과 인간의 유전자가 상당 부분 서로 같다는 내용이었다. 도대체 무슨 뜻일까? 무심히 서 있는 바나나 나무를 새삼 올려다본다.

식물과 인간이 어떤 유전자를 함께 가질 수도 있겠지만, 90퍼센트나 같다는 게 믿기지 않는다. 길거리의 바나나 나무와 내가 같은 유전자로 살고 있다고?

이런 나의 감성, 어리광에 불과할지 모른다. 과학자들은 진즉에 인간과 식물의 세포를 부분적으로 융합시켰다. 인간 염색체를 유지하는 구조가 식물 염색체에서도 너끈히 작용하는 것이 증명된 것이다.

인간은 오래전부터 나무껍질을 달인 물로 몸을 다스리고, 나무 그늘에 누워 피톤치드로 샤워하고, 나무를 가꾸고 살며 치유를 했다. 꽃과 나무를 인생의 반려로 맞는 이들이 많다. 유전자가 비슷하다는 말에 놀란 건 잠깐이고, 오히려 다행이고 고맙기까지 하다. 그래저래 나무가 처삼촌보다 확실히 낫다.

원래 식물(植物)의 출발은 식물(食物)이었을까. 나무를 심어 열매를 따 먹고, 뿌리와 껍질에서 얻은 약재로 몸을 치료하는데 몸에 쌓여 해독을 끼치는 일 없이 병만 치료하니 진정한 약이다.

본능을 따르는 동물에게 우리가 배운다. 다친 사슴이 절뚝거리며 어떤 나무에 다가가더니 잎을 따 먹고는 폴짝폴짝 뛰어가더라는 이야기가 있다. 식약동락(食藥同樂). 식물이 약물이었던 것이다. 향기, 열매, 영양분, 기분이 좋아지게 하는 것까지 모두 치료제로 손색이 없다.

나무가 우리에게 열매를 줘서라기보다 익어가며 인간에게 맞춰주는 것이 더 감사하다. 자기 몸 안의 것들은 서로 연결되어 문제가 생기면 힘을 모아 치유하러 든다. 나무와 인간도 흙과 바람을 함께 나누며 살아간다. 서로 돕거나 해치기도 한다. 상생과 상극은 기온변화에서 먼저 시작된다. 숲속에 들어가면 나무들은 기분까지 좋게 해주면서 친구가 되어준다. 그런데 나무는 언제 어디서나 인간에게 진다. 그래도 뿌리마다, 가지마다 한가득 키운 사랑을 아껌없이 인간들에게 준다.

원래 인간이란 상처를 받으면 오래 못 잊고 친절하게 대해 주면 금방 잊는다. 그리고 그 상처를 나무가 치료해준다.

뿌리를 북돋워주는 마음

이상적은 스승의 작품을 중국까지 가져가 자랑도 할 겸 작품 평을 부탁했다. 추사의 작품을 본 이들은 추사의 세한도에서 무엇을 느꼈을까? 그들은 나무뿌리나 가지에 비유하고 노래했다.

추사의 작품을 평가하며 개인적인 친분을 덧붙이고 인간됨을 적어 내려갔다. 얼굴과 몸, 생김새를 풍계분(馮桂芬)이 풀어 썼다.

> 김 공은 비범한 인물로, 하늘 높이 우뚝 솟은 절벽이네. 단정함, 친숙함, 고상함, 명랑함 등이 특출해 하나의 기질로 잘 엮여 있네. 굳센 기골은 일찍 갖췄으니, 부디 뿌리를 북돋기 바라네.

추사에 대해 기골과 기질을 잘 갖췄다고 말하고 기본 뿌리가 튼튼한 나무에 비유했다. 뿌리를 북돋워 더 우뚝하기를 바라며.

진경용(陳慶鏞)이 추사의 성격을 되새겼다.

후대에 남은 고운 명성, 시련으로 복 받은 것이네. 된서리 자
주 맞아도 가지와 잎이 변함이 없네. 온화한 기운이 서려서,
이루지 못하는 것이 없네.

된서리와 온화한 기운을 함께 지녔으되 그 가운데 가지와
잎이 변함없는 나무와 같다고 했다. 이런 성격에 고초를
겪고 있어 안타까운데, 그래도 힘내라는 격려의 메시지다.
반희보(潘希甫)도 추사의 인품과 올곧은 지조를 전하고 있다.

산골에서도 재목은 버리기가 아까운 터, 찬 서리 버틴 지조가
더욱 올곧네. 음(音)을 아는 이에게 현(絃) 밖 마음을 전하노니,
바다 건너 먼 곳에서 평안하구려.

버리기 아까운 훌륭한 재목, 현(絃) 밖의 마음이 얼마나 존
경심으로 가득한지 그 심성을 다 아는 듯하다.

책 선물을 받은 적이 있는 장목(張穆)은 추사가 베풀어준 뜻
에 감사했다. 중국에서 보기 어려운 '산학계몽'이라는 책
을 추사가 조선에서 구해 보내준 것에 대한 놀라운 마음을
적고 있다. 여기에서도 추사의 인간미를 에둘러 표현한 정
감이 묻어난다. 추운 겨울, 인적 없는 유배지에 홀로 머물

고 있는 추사라는 나무. 그 '외로운 나무' 추사를 격조 있
게 위로했다. 세태에 굽히지 않는 곧은 가지 같은 성품, 잘
버텨나가기를 빌었다. 뒤에 볼 나무이기에 나무의 뿌리를
북돋운 것이다. 장목은 이상적의 이야기를 듣고 두 사람의
관계를 두 나무로 칭송했다. 지조와 신의를 지닌 인간관계
라고 위로했다.

삶에서 진정 중요한 것은 마음을 실은 관계이다. 서로 도
우며 함께 푸른 빛을 지켜나갈 수 있다.

곁을 내주니 사랑이 오더라

봉수대를 지키는 것만큼 따분한 일이 또 있을까. 끝 간 데 없이 툭 트인 눈맛이야 며칠 지나면 시들해지고, 그저 아무 일 없기만 바라는 나날들.

거슬리는 일 없이 외로워야 행복한 일터다. 단조로움을 피하려 술 한잔 마시며 노래나 부를 수도 없다. 기껏해야 바람결을 반주 삼아 낮은 소리로 시조 가락을 읊조릴 뿐이다. 옆 자리 근무조 동무와 나눌 이야깃거리는 오래전에 바닥났다.

강경 옥녀봉 봉화대. 그 곁에 나란히 선 느티나무 한 그루. 금강 건너 하늘가를 보고 있다. 무료하다. 내 기분과는 아랑곳없이 여유작작하게 불어오는 금강 바람을 흘려보낸다. 하늘가로 구름을 타고 느릿느릿 어깨춤 들썩이는 해넘이 무렵이 좋다. 하루를 달구던 해는 뉘엿뉘엿 지고 나무와 봉화대를 지키는 둘은 석양에 흠뻑 취한다.

오랜 세월 묵묵히 서서 두 눈 부릅뜬 돌덩이 봉수대, 그 곁에서 살랑살랑 춤추며 노는 느티나무 아가씨. 딱히 어울리지는 않아도 긴 세월, 사랑을 이어갈 수 있다는 걸 잘 보여주고 있다. 모든 것을 다 알고 나서야 서로 사랑하는 것은 아니다.*

곁을 내주기만 했는데 사랑이 다가왔다.

김해 분성산 봉화대. 하늘가엔 낙동강이 두둥실 떠 있다. 낙동강변을 감시하던 봉수지기가 아니래도 인생사진 한 장 너끈히 건질 만하다. 봉수대 가장자리 키 큰 느티나무는 호위무사다.

나무를 심은 이가 나무 둘레에 있는 돌에 자기가 누군지를 밝혔다. 사통팔달 트여도 시원찮은 봉수대 앞을 나무로 가리다니……. 딱 곤장감이다. 그래도 외롭고 그늘이 필요해서 한 그루 심었을 터이다. 불 피울 토끼 똥 주우러 다니다 봐둔 큰 사윗감 같은 녀석을 옮겨두고 보니 한동안 든든했겠다.

나무에게 물을 퍼다 주는 재미가 생기니 계절이 바뀌는 것이야 누구보다 먼저 뚜렷하게 보지만, 새 이파리가 돋고, 물들어가는 볼거리가 생겨서 좋다. 언젠가는 받침대를 치우

---

* 영화 '흐르는 강물처럼'에서.

며, 제법 컸구나, 혼잣말로 칭찬도 해주었다. 잔가지와 바람결의 대화도 엿들으며…….

이제 이 나무와는 원숙한 정인이 되었다. 뜨거운 여름, 나무 그늘에 거적을 깔고 곁에 누우니 세상 부러울 게 없다. 파란 하늘가 구름에 새삼 눈이 저린다. 바람결이 호흡을 돕는다. 아, 이 나무 한 그루에서 새 세상이 열렸다. 곁을 내주니 사랑이 찾아왔다. 코앞 발끝은 안 보일지라도, 먼 인생길을 함께 내다볼 사랑이 돋아 참 좋다.

봉화대 옆에서 사랑 잎이 넘실대는 나무 한 그루를 보며 무료함을 달랜다.

'붉은 두건'을 쓴 맨드라미

만리장성 같은 담장을 따라 홍의장군처럼 어깨를 떡 벌리고 서 있는 맨드라미꽃[鷄冠花].

스승과 제자 두 시인이 서로를 의식하며 지었을 리 없지만 함께 붙여놓고 보니 새롭다.

> 닭머리 뾰족한 뿔이 꽃이 아닌데 그윽한 꽃에 붉은 두건을 씌워놓았나 싶네. 장독 항아리 동쪽 서쪽에 한 격조를 더했으니 붉고 하얀 봉선화가 번화함을 함께 하네.
>
>   – 김정희*

> 깃털과 울음은 원래 보통 새와 다르지 않는데 붉은 두건 쓰고 어디서 와서 여러 꽃들 옆에 있는가. 몇 번이나 주주 불러내려 했던가. 시골 사람 담장 안에 가을빛이 숨겨 있네.
>
>   – 이상적**

맨드라미꽃을 둘 다 '붉은 두건'으로 보았다. 꽃에 붉은 두

---

* 김정희(1786~1856)의 시, '계관화'.
** 이상적(1803~1865)의 시, '계관화'.

건을 '씌운' 것으로 본 김정희, 붉은 두건을 '쓰고 온' 것으로 본 이상적. 김정희가 논리적이라면, 이상적은 감성적이다.

김정희는 맨드라미와 봉선화에서 붉고 하얀색이라는 '색깔의 어울림'을 찾아냈다. 이상적도 어디서 와서 여러 꽃들 옆에 있는가, 라고 '함께 어울림'을 보았다. 김정희는 색감이 조화롭게 보기 좋은 어울림을, 이상적은 함께 친구로 사이좋은 어울림을 느꼈다.

울타리 따라 핀 꽃이건만 김정희는 장독대 '옆'에 핀 것을, 이상적은 담장 '안'에 핀 것을 보았다. 시골집 담장 밑 장독대 언저리에 핀 봉선화, 맨드라미와 어울려 예나 지금이나 한 세트다. 김정희는 정적인 모습으로 공간을 설명하고, 이상적은 움직임으로 공간을 느끼고 있다.

감성이 발동하여 쓴 두 편을 함께 읽으니 따로 또 같이 마음을 새긴 느낌이 묘하다. 이상적의 시에는 참 곱디고운 심성이 숨겨져 있다. 그는 중국에서 자신이 쓴 시를 책으로 출판한 문장가였다. 스승나무에 맺은 열매제자가 감수성으로 농익었다.

그릇이 큰 스승 추사는 제자에게 재롱떨듯 맘을 풀어놓는다.

이언적에게 준 세한도 글귀에는 "사람들의 처지에 따라 손님이 많고 적고 변덕을 부리며, 인심의 박절함이 극단에 이른다"라고 썼다. 글의 맨 밑에는 스스로를 '슬픈 사람[悲叱]'이라 부르고 있다.

세태를 한탄하며 투덜거리기보다 편안한 제자에게 애교를 부리며 투정해보는 것 아닐까. 이언적에게 차를 구해달라고 부탁할 때도 그랬다. 마치 맨드라미 꽃에게 "주주, 라고 소리내며 불러대는" 듯 순박하다. 그 나이에 맨드라미꽃에 다가가서 "구구― 구구―" 닭을 부르다니.

제자에게 어린애처럼 하소연하고 투정까지 부릴 수 있으니 추사는 청복을 받은 스승이다.

03

숙성된 깸

몬드리안의 생각나무

쌀밥나무에 담긴 마음

탱자나무 가지가 마음을 찌르다

자작나무 목간에 담긴 시간

법은 백송처럼 희다

굽이진 데서는 속도를 줄여야 오래간다

소태 씹을 일 없는 세상

몬드리안의 생각나무

몬드리안은 사과나무와 나눌 말이 많았나 보다. 사과나무를 그리고 또 그렸다. '붉은 나무'(1908), '회색나무'(1911), '꽃이 핀 사과나무'(1912), '구성 NO 10'(1915).

전문가들은 몬드리안이 뭔가를 관찰한 것 같다고 말한다. 도대체 뭘 본 걸까? 아마도 시간에 따라 바뀌는 사과나무의 옆모습이 아닐까? 앞에서는 보이지 않던 것이 옆에서는 보인다. 이때는 인간이 아름다운 나무를 본 것이다.

몬드리안은 처음에는 사과나무 꽃이나 나뭇가지를 온전하게 그렸다. 때로는 '꽃이 핀 사과나무'를 추상으로 표현했다. 마치 거미줄 같다. 햇빛에 놀림을 받는 나뭇가지를 한참 들여다보노라면 그런 모습이 보인다. 이때는 나무가 인간에게 아름다움을 보여주는 듯하다.

잎이 하트로 바뀌고, 열매가 원으로 자랄 때까지 나뭇가지만 따라가 나타내면 그것은 선이다. 직선이든 곡선이든……. 나무나 인간이나 삶의 모습은 선으로 나타난다. 나무에 좀 더 가까이 다가가는 마음에 오래오래 사랑하려는 마음을 덧대 마침내는 나무의 형태조차 알아보기 어렵게 몬드리안과 사과나무는 하나가 된 것이다. 몬드리안은 그림을 다 그리고 나서 '구성 NO 10'이라 이름 붙였다.

나무에게도 영혼이 있다. 몬드리안도 자신과 나무의 영적 세계를 묶어보려 했을 것이다. 몸은 사과나무, 정신은 몬드리안인 셈이다. 햇빛을 함께 나누고, 바람그네에 흔들릴 때 가지가 서로 얽히지 않게 배려하는 모습도 나타냈다. 이웃 친구들과 색색 파티를 열고, 삶의 무게를 지탱하기 어려울 땐 잎을 덜어내 밋밋한 선으로만 남았다. 이것을 기하학적 추상화라 부르지 말라. 이 모두 몬드리안의 마음 가지에 열린 과실이다. 어떤 나무는 잎 하나하나가 인상파 화가의 생각 같다. 쭉쭉 뻗어가는 가지보다 더 감성이 넘치는 넝쿨손도 그렇다.

인간으로 사는 것이 금지된다면 우리도 그때는 이렇게 하나가 되는 것이 가능할까. 사랑해도 너무 사랑한 게 아닐까. 제자리서 한평생을 마치는 나무를.

쌀밥나무에 담긴 마음

먹는 문제가 절실했던 시절에 상상 속에서나마 허기를 달래주던 이팝나무. 흰 쌀나무는 슬픈 사연을 매달고 있다. 춘궁기 무렵에 하얗게 핀 나무의 꽃이 쌀알처럼 생겨서 쌀밥나무라 불린 생각나무다. 길거리 한쪽에 떨어져 수북이 몰려 있는 하얀 꽃잎을 만져보다가 쌀을 길바닥에 흘려버린 것만 같아서 괜스레 미안했다.

쌀이 없어 쌀독은 비었지만, 길거리 나무에는 쌀이 넘친다. 하얗게 열린 쌀에다 어머니의 상상을 지펴 따뜻하게 밥을 짓는다. 고봉밥을 꾹꾹 눌러 담는 가난한 어머니의 마음나무다.

꽃 모양에서 하얀 쌀 이름을 떠올리는 순수한 감각은 그렇다 치자. 더욱 놀라운 쌀밥나무는 붉은색 백일홍 나무다. 색으로 보나 다른 무엇으로 보나 엉뚱하다.

원래 백 일간 피고 진대서 백일홍이다. 피고 지기를 거듭하다가 100일째 되는 무렵에 우수수 떨어지는데 그즈음이 바로 추수 때란다. 그때 듬뿍듬뿍 수확할 쌀! 그리고 하얀 쌀밥을 떠올리며 다급하게 붙인 서글픈 이름이다. 미끈하게 뻗은 가지, 옹기종기 붙어 있는 붉은 꽃에게 그렇게 이름을 붙여 정말 미안하다.

넘치고 넘쳐서 걱정인 요즘, 길가에 지천인 이팝나무. 허기진 모습으로 넋을 놓고 쌀밥을 떠올리려 애써보지만 헛짓이다. 차라리 나무 밑 그늘에 서서 가지 틈새로 "쏴" 소리를 내며 들어오는 파아란 하늘을 올려다보면 고봉밥으로 그릇을 가득 채운 듯 넉넉해진다.
쌀독을 채운다. 이팝나무는 앞날에 다가올 희망을 빌려준다. 그래, 비록 가불받은 것일지라도 희망을 소박하게 갖는 것이 행복으로 가는 지름길이다. 이팝나무는 허기보다 외로움을 달래준 희망나무였다. 쌀이 귀하던 시절에도 그 쌀이라는 것은 너무 많거나 너무 적을 때 문제가 되었다.

새장에 갇힌 새는 허기져서 죽기보다 슬프고 외로워서 죽는다. 하늘가에 뜬 하얀 구름 한 덩어리. 어머니의 고봉밥이 분명하다.

탱자나무 가시가
마음을 찌르다

길고 긴 걸음은 제주 대정에서 그쳤다. 추사가 걷기를 쉰 그곳에서 시작된 삶은 귀양살이였다. 지친 몸을 부린 곳은 안동네에 있는 송계순의 집이다. 그를 받아준 귀틀집은 탱자나무 울타리로 빙 둘려 있었다.

기다린 것은 위리안치(圍籬安置)뿐. 무슨 죄가 그리 크고 많길래, 뾰족뾰족한 가시로 촘촘히 얽혀 있는 집 안에만 갇혀 지낸단 말인가.

김정희는 나중에 강도순의 집으로 옮겨 갔다. 귀양살이하는 몸이 호사를 누리려고 좋은 곳으로 이사한 것은 아닐 터이다. 그는 이곳에서 오래 살았다. 우리가 알고 있는 추사의 유배지가 바로 이 집이다. 여기에도 그를 옥죄는 탱자나무 울타리는 빼곡했다.

고을 안에서 자유로운 군현안치(郡縣安置)와 달리 위리안치는 집 안에서만 꼼지락거릴 수 있다. 집 밖으로 발을 떼면 안 된다.

귀양살이는 세월을 담보로 잡아둔다. 자기 안의 시간은 느려터지게 흘러가는데, 울타리 너머의 시간은 바람처럼 씽씽 지나간다. 그 시간이 인간을 갈라놓는다. 맘에서 멀어지면 몸에서도 멀어진다. 몸에서 사라진 남의 향기를 기억해내지 못해 그것이 괴로운 것이다.

가시나무 울타리 너머는 남의 세상, 문 안은 적막강산.

그렇게 뾰족한 삶을 지낸 2년 뒤 추사의 아내가 세상을 떴다. 한 달이나 지나서야 소식이 왔다. 탱자나무 가시가 가슴팍을 콕콕 찌르고, 또 찔러댔다. 통곡하며 제문을 지어 아내에게 바쳤다. 부부 사이가 좋았던 옛 시절 추억이 가시 틈새를 비집고 삐죽삐죽 들어온다.

어느 날 추사가 말했다.

"누군가는 먼저 죽을 수밖에 없는 게 인간사인데, 이왕이면 내가 먼저 죽는 것이 낫겠다."

그랬더니, 현숙한 그의 아내가 질색하며 눈을 가리고 뛰어나가 귀를 씻고 들어왔다.

"못 들은 것으로 할 테니 절대 그런 소리 하지 말라."

남편의 말에 기겁하던 그 마음이 가슴팍을 때린다.

마음의 가시를 빼내고, 흩어진 기운을 모아 눈물로 제문을 써서 보냈다.

놀라고 울렁거리고 얼이 빠지고 혼이 달아납니다. 푸른 바다
와 같이 긴 하늘과 같이 나의 한, 다함이 없을 따름이외다.*

탱자나무 가시에 찔린 마음. 그 맘을 다시 후벼 파던 그 농
담 속 추억이 한이 되는…… . 죽음보다 더한 것이 '실연의
가시' 아니던가?

---

* 김정희, 부인 예안 이씨 애서문(哀逝文).

자작나무 목간에 담긴 시간

껍질이 하얀 나무[白樺樹皮] 가운데 자작나무는 껍질이 얇고, 잘 벗겨진다. 자작나무 껍질을 돌돌 말아서 불을 붙일 때 화촉(華燭)을 밝힌다고 한다. 여기서 '화' 자가 바로 '자작나무 화'에서 시작되었다.

아득하던 그 옛날, 이 자작나무 껍질에 소중한 것을 그려 남겼다. 하얀 바탕에 새기기가 쉬우니 종이가 없던 시절, 글을 새기고 그림을 그리기에 좋았다. 돌돌 말아 묶어서 보관하기도 좋았다.

경주 황남대총 천마도도 자작나무 껍질에 그렸다. 추운 북쪽 고구려 자작나무 숲에서 베어내 수입해 온 자작나무다. 해인사에 보관 중인 팔만대장경 중에도 그 귀한 자작나무로 만든 것이 있다.

함안산성에서 목간이 많이 나왔다. 약품이나 생활물품 짐짝에 보내는 이, 받는 이, 수량을 적은 꼬리표였다. 세금징수 장부, 행정명령 기록, 의약기록 등도 함께 나왔다, 지역과 주민을 관리하는 신라 때 행정문서였다.

구구단을 적은 목간이 얼마 전 부여에서 나왔다. 이를 보고 우리나라가 수학 강국인 이유가 있다고도 하고, 일본에게 우리가 구구단을 전해주었다고 흥분한다. 자작나무에 새긴 글과 그림, 오랫동안 수줍게 숨어 있다가 이제야 발견되어 모두를 놀라게 한다. 수줍게 지나간 신비한 시간을 더 사랑할 수밖에 없다.

귀한 자작나무 한 그루 베어내면 좋은 쪽은 집 짓는 데 쓰고, 나머지는 농기구 만드는 데 쓰고, 그러고도 남은 조각은 목간에 쓴다. 쉽사리 부스러져 남은 것조차 많지 않지만, 집 한 채 짓기보다, 밭 가는 쟁기 한 벌 만들기보다 더 우렁찬 이야기를 지니고 새 세상과 화촉을 밝힌다.

자작나무는 추운 겨울 북쪽의 높은 산 흰 눈 속에서 지내는 우윳빛 귀공자였다. 인내심으로 오래오래 누군가를 기다렸다가 드디어 기록을 남긴다.

기다림은 자작나무의 숙명인가 보다.

법은 백송처럼 희다

헌법재판소 뒤뜰에는 커다란 백송 한 그루가 우뚝 서 있다. 키가 커서 세상을 내려다보는 듯하다.

헌법이라는 말은 법 헌(憲), 법 법(法)을 쓴다. '법의 법'이다. '재판의 재판' 격인 우두머리 재판소다. 법 질서의 근본을 지키고 순수한 정신에 맞춰 판결을 내린다. 모든 법 정신은 헌법에 거슬리지 않아야 한다. 백송이 그런 뜻을 상징한다.

허물없는 깨끗함을 뜻하는 흰 소나무. 으뜸 재판소라서 백 자가 들어 있는가. 무엇이라도 좋고, 두 가지 다 품었다면 더 좋다.

환하게 불이 붙어 팔랑거리는 촛불을 보면 까만 심지 모양이 도드라진다. 백(白) 자는 불을 밝힐 때 환하게 보이는 '명확함'을 뜻한다. 원래는 엄지손가락, 으뜸, 우두머리를 나타내는 모습이다. 엄지손가락을 치켜세우는 짓은 바로 이 '으뜸 힘'을 뜻한다.

'백'은 흔히 '결백'을 주장할 때 사용되는데, 이때 '백'은 사뭇 비장하다. 아무 허물이 없는 마음으로 울부짖으며 무죄를 주장한다. 범죄가 없음을 인정받는 그 심정을 백송은 미소로 축하해줄 것이다. 결백하지 못한데도 설치고 다녔다면 백송은 "그럴 줄 알았다"며 또 씁쓸하게 미소지을 것이다.

헌법재판소의 키 큰 신사 백송, 조용하고 그윽하게 내려다본다. 요란스럽게 떠들지 않고 그저 바라보기만 한다. 그래도 역사는 흐르고 문화는 기록된다.

한때 헌법재판소 담벼락에 촛불이 일렁였다. 으뜸 권력이 잘했는지 잘못했는지 환하게 밝혀내라는 외침으로 가득했다.

많은 사람이 한평생 법원이나 헌법기관 구경할 일 없이 잘 산다. 그래서 법은 하얀 손으로 만들어야 한다. 정치(正治)가 흠집 나지 않아야 한다. 정치인과 정치 장사꾼을 구별하는 손이 필요하다.

헌법재판소 판사들의 옷을 검은색 아닌 흰색으로 바꾸면 어떨까. 으뜸 권력의 무겁고 어두운 색보다 밝고 투명한 흰색이면 믿음이 더 자랄 테니까. 법을 색으로 나타낸다면 아마도 흰색일 듯싶다. 그 가운데서도 순도 높은 순백색이 아닐까. 백지상태는 인간의 본마음이다. 그래서 법은 인간이 갖는 원초적 순수를 존중하고 지켜내야 한다.

헌법재판소 뒤뜰 백송은 다 보고 있다.

굽이진 데서는
속도를 줄여야 오래간다

남산길, 봄볕이 색을 바꾸면 벚꽃나무들도 눈을 반짝인다. 요 며칠 유난히 꽃낯 들더니 북쪽 산책로 60번 가로등 양쪽, 형제나무가 꽃을 터트렸다. 그 나무 곁을 오가는 모두에게는 '짱!' 최고였다. 맨 먼저 봄을 알려주는 '짱씨 형제'다.

하늘은 툭 트였고, 바람이 거침없이 길을 만드는 곳. 덩달아 이야기꽃 피고 웃음꽃도 요란하다. 이 모든 친구들을 먼저 알아본 것은 순전히 바람이다. 나무건, 꽃이건, 사람들이건 바람 길에 걸터앉아서 햇빛만 잘 받으면 풍성하다. 친구들이 반갑게 만나서 몸을 풀고, 운동을 시작하는 데도 이곳이다. 그런데 이 길은 여기서 갑자기 굽이지며 숲속으로 이어진다.

어느 날 여기서 귀한 소리를 들었다. 손목에 줄을 감고 서로 의지하며 두 맹인이 달리고 있었다. 한 맹인이 달리는 속도가 느려진다고 재촉을 했다. 그러자 나이 든 맹인이 한마디 던졌다.

"달리는 길이나 인생길이나, 굽이진 데서는 속도를 줄여야 오래간다."

재촉하지 말라고, 천천히 가자고 달랜 것이다. 길이 굽이지는 것을 훤히 알고 말하는 것 같다. 놀라움도 잠시, 산책 내내 그 말을 곱씹었다. 마침내 생활의 지혜 한 토막으로 파고들어 자리 잡았다.

꽃이 예쁘다고 한눈파는 사람, 세상일 다 안다고 자신하는 사람 모두 속도 조절 못 하고 굽은 길 내달리다가는 자빠진다.

짱씨 형제 벚꽃나무는 스스로 재촉하지 않는다. 바람이 이끄는 대로 그저 피워줄 뿐이다. 꾸불꾸불 이어지는 세상에 맞춰 사는 것은 우리 몫이다. 속도에 대한 갈증이나 불행이 남겨둔 생기 없는 슬픔조차도 서로 맞춰나가다 보면 내 것이 된다. 변화는 언젠가 매듭으로 가라앉는다. 그래, 젊음이 감당 못 할 변화는 어디에도 없다.

소태 씹을 일 없는 세상

'소태 씹은 얼굴'.

지금은 이 말을 아는 사람이 그리 많지 않다. 이제는 사라진 쓰디쓴 맛. 소태나무 잎을 왜 씹을까?

부모가 논밭 고랑을 헤치고 다니며 줄줄이 매달린 자식들을 먹여 살리던 시절. 엄마에게 젖먹이는 귀하지만 거추장스럽다. 새 동생이라도 생겨나면 젖을 나눠줘야 하는데 다 큰 녀석이 물고 차지하면, 허기를 달고 사는 엄마는 더 힘이 든다. 적당한 때 서운하지 않게 젖과 멀어지게 해야 한다. 이때 젖을 뗀다고 한다. 끔찍한 표현이지만, 어린아이에게 필요한 과정이다.

아이가 젖을 뗄 무렵이 되면 엄마는 고민이다. 말이 통하지도 않고 보채는 어린 것을 외면하기는 더 어렵고. 이때 누군가 살며시 내미는 소태나무잎 한 주먹. 질근질근 갈아서 엄마의 젖꼭지에 묻힌다. 그런 다음 눈을 질끈 감고 아이에게 젖을 물린다. 아이는 지독하게 쓴맛을 몸서리치며 기억하고는 보챌지언정 젖 근처에도 못 간다. 미운 소태나무잎이 악역을 맡으며 아이는 그렁저렁 젖과 헤어지게 된다.

흉한 구석 하나 없이 매끄러운 나무가 안타까운 고민을 매몰차게 설거지해준다. 어릴 적 이런 말을 들은 아이들은 소태나무가 있는 집 울타리를 지날 때면 눈을 흘긴다. 세상이 몇 번 물구나무를 서고 이제 소태나무는 쓸모가 없어졌다. 시대의 기억 속에서도 싹 사라졌다. 제법 우람했던 소태나무 울타리도 말끔하게 사라지고 지금은 하나도 없다. 그 그루터기 앞에 선다 해도 소태나무 씹은 맛은 잠깐 스쳐 지나갈 뿐이다. 어린애 우는 소리 듣기가 하늘의 별 따기만큼 어려운 세상인걸.

쓰디쓴 어떤 기억은 다시 씹어보고픈 아쉬움을 묶어서 세월 편에 보낼 때 아름답다. 일찌감치 쓴맛을 본 사람에게 나머지 삶은 모두 보약일 수도 있기에.

04

깊은 뜻

바오밥 나무와 카바리아 나무의 운명

주인을 사랑한 개와 나무

친척끼리 돌보는 나무

유배길에 만난 단풍나무

식물백신이 만들어낼 효과

물음표 모양 향나무의 향기

사시나무처럼 떨지 않는 삶

바오밥 나무와
카바리아 나무의 운명

내 책장에 놓인 액자 속 바오밥 나무는 행성을 힘껏 움켜쥐고 있다. 어린 왕자를 그리는 강석태 화백의 작품이다. 강화백은 소설에서 찾은 모티브로 맑은 마음을 그린다. 바오밥 나무의 뿌리 때문에 작은 행성이 으깨질까 봐 어린 왕자는 걱정이 많다.

메마른 사막에 살면서도 바오밥 나무는 엄청난 물을 몸통에 간직하고 산다. 지나가던 코끼리 친구는 나무의 줄기 속에서 물을 꺼내 목을 축인다. 제 키보다 더 긴 뿌리를 널리널리 뻗어두어 물기가 없는 땅에서도 거침없이 살아간다. 그런데 지구를 감싸 안는 그 나무가 가뭄과 더위에 지쳐 힘들다.

꽃이 피는 나무 가운데 가장 오래 사는 바오밥 나무. 그 운명을 인간이 흔들어대고 있다. 항아리 같은 허리, 나무를 거꾸로 처박아놓은 듯 산발한 머리카락, 그리 우아하지는 않지만 이웃을 살려주는 아름다운 생명나무다. 착한 어린 왕자나 다급한 코끼리가 사랑하는 이유다.

아프리카의 남쪽에 위치한 모리셔스. 환상적인 섬인 이곳
에는 슬픈 카바리아 나무 이야기가 전해온다. 네거티브의
향연이다.

모리셔스섬은 나무와 도도새들에게는 낙원이었고, 도도새
들은 카바리아 나무 숲에서 행복했다. 그러다 네덜란드
상인들이 들어오면서 평온이 휘어졌다. 상인들이 순진한

도도새를 괴롭혀 멸종되고 말았다. 도도새가 멸종되자, 나무도 서서히 사라져갔다.

카바리아 나무 열매는 자연발아가 안 된다. 도도새의 소화기관을 거쳐 배설되어야 비로소 싹이 튼다. 그 도도새가 사라지자 나무마저 사라진 것을 한참 뒤에야 깨닫게 되었다. 어떻게 하기에는 너무 늦어버렸다. 이것이 이 섬의 슬픈 향연의 서곡일 줄은 아무도 몰랐다. 도도새와 카바리아 나무 사이, 아름다운 공생의 끈이 사라져버렸다.

살아남아 있는 바오밥 나무, 사라져버린 카바리아 나무. 그냥 향연으로만 남았다면 바오밥 나무도 사라지고 말았을지 모른다. 더불어 함께 누릴 향연을 접어둔 채, 바오밥은 제 뿌리를 내리려고 애쓰고, 코끼리에게 나눠준 덕분에 오늘날까지 버티며 살아남는다.

그 섬을 오가던 못된 상인들이 그들을 울렸지만, 사라져간 카바리아 나무의 마지막 비명만은 함께 기억하자.

내가 먼저 건들지 않으면 나무는 나를 공격하지 않는다. 말벌도 그렇고, 착한 사람도 그렇다.

주인을 사랑한 개와 나무

누군가를 좋아하는 것은 언제나 좋은 일이다.*

오징어가 좋으면 문어도 좋다. 좋아하면 무엇이든 할 수 있다. 맞다. 바보처럼 실실 웃으며 행복으로 향하는 문에 이르게 된다. 누군가를 미친 듯 사랑했는데, 그 사랑이 슬픔으로 가라앉아버리고 말았을 때도 가만히 들여다보면 그 속엔 한때의 믿음이 담겨 있다. 인간은 사랑할 때가 가장 보통의 모습이다.

주인을 마냥 좋아했던 개. 품앗이 정으로 그 개를 사랑하던 주인. 둘이 함께 외출을 나선 길에서 술에 곯아떨어진 주인은 잔디밭에 몸을 풀었다.
갑자기 들이닥친 들불에 휩싸인 주인을 살리려고 개울로 달려가 제 몸에 물을 적셔 와 불길을 잡으며 몸부림치던 개.

---

* 영화 '전쟁과 사랑'에서.

뜨겁게 타오르는 불길에 널뛰듯이 뛰어들면서도 개는 아무 생각이 없었을지도 모른다. 사랑의 온도까지야 잴 수 없으니⋯⋯. 깨어난 주인은 정신을 차리고 난 뒤 깨달았다. 매캐한 연기 속에 남은 것은 푸르스름한 믿음이었다. 평생을 좋아하다 이별하면, 그것은 감미로운 슬픔일 뿐. 죽음 앞에 선다면, 그것 또한 달콤한 낮잠이려니 생각되었다. 잊지 말자 다짐하며 꼽아놓은, 주인의 지팡이에 새잎이 폈다. 사랑의 힘으로 마른 막대기에 물기가 돌았을까. 나무 한 그루가 되었다. 그 옆에 소박한 할미꽃 한 송이가 다소곳하다.

말없이 슬픔을 함께 나눈다. 주인을 구하고 떠난 개가 남겨준 그 소중한 추억이 동네 이름으로 지금까지 내려온다. 큰 개 '오' 자와 나무 '수' 자가 만난 오수(獒樹). 둥근 네 안식처를 지팡이 끝에 매달고 외기러기 사랑으로 감싸 덮는다.

진정으로 사랑받아봐야 사랑을 할 수 있다. 넘칠 만큼 사랑이 채워진 뒤까지 기다려야 넘겨줄 때를 알게 되는 것은 아니다. 우선 한 움큼 쥘 수 있을 만큼만 줘도, 넘치게 되돌려 받는 것이 바로 사랑이다.

그냥 퍼주고 나면 함께할 사랑이 새로 솟아난다. 쏟아부으니 마침내 내 것이 네 것이 되더라. 어쩌다 군사랑이 생겨 자린고비에게 조기를 거저 주어도 사랑을 모르면 밥도 둑이라고 내버린다. 어디를 가나 사랑만은 갖고 다니자.

친척끼리 돌보는 나무

친척끼리는 서로 돌보며 산다. 생물 진화론자에게는 설 지 난 무 조각 같은 이야기지만…….

나무들도 그렇다. 처음에 비아냥거리던 사람들조차 비슷 한 연구결과에 이제는 맞장구친다. 사탕 단풍나무는 친척 끼리 딱 붙어 지내고 큰 쑥들도 그러하다. 고약한 냄새를 내뿜어 적이 쳐들어왔다고 외쳐댄다. 뿌리를 있는 대로 뻗 어 영양분을 훑는 욕심쟁이 개냉이도 친족들과 함께 자랄 때는 뿌리를 내리기 쉽게 서로 제 터를 양보한다.

두해살이 애기장대는 친척 나무에게 그늘이 생기지 않게 잎이 자라는 방향을 바꾼다. 스페인 허브도 친족과 함께 자라면 꽃을 더 많이 피운다. 해바라기도 친족끼리는 서로 잎을 어긋나게 뻗어 햇빛을 더 많이 쬐게 한다. 그러다 보 니 곤충이 떼로 찾아와 후손도 마구마구 늘어난다. 친족끼 리 함께하면 더 빨리, 더 많이 자란다.

동네 고샅에 시끌벅적한 싸움이 잦아들면 어머니는 "감자 씨와 자식 씨는 못 속인다더니"라고 혼잣말하시며 혀를 끌 끌 차곤 했다. 서로 챙겨주면 보물이요, 싸우면 평생 원수가 된다. 친척이 그래서 조심스럽다.

이건 진화인가, 적응인가. 신난 연구자들이 잔머리를 굴려 해바라기를 친척끼리 뭉쳐 살게 했더니 기름이 더 많이 나왔다고 한다. 이번에는 친족을 알아보는 벼를 심었더니 수확량이 더 늘어나는 일도 생겼다. 은행나무나 행자나무도 둘이 마주 서야 열매가 맺힌다. 친척끼리 서로 돕는 건 자연스럽고, 그러다 보면 유전적 이점도 서로 챙겨준다.

요즘 세상은, 친척을 대하는 생각이 예전 같지 않다. 말갈기가 외로 넘어가든 바로 넘어가든 내 알 바 아닌 세상이다. 각자 존재하는 것만으로도 행복은 넘치리라 믿는다. 인터넷에 널린 게 다 이웃사촌이라 그런가.

대놓고 편 가르고 퍼주는 것만 아니라면, 우리 삶에서 친척관계는 만두소와 같다. 소의 맛이 바로 만두의 맛이니까. 식물에게 다시 배워야 할 듯하다. 사랑 앞에서 나무와 인간이 뭐가 다른가. 요즘 세상에 맞지 않는다고 웃음거리로 넘길 일도 아니다.

이수(里數)와 촌수(寸數)는 가까운 데로 친다. 식물들도 친척이라 확인되면 사랑을 더 얹어준다는데…….

사랑이라는 것, 확인될 때 확장된다.

유배길에 만난 단풍나무

추사 김정희가 제주 대정으로 귀양을 갔다. 유배길 내내 힘들었지만 이런저런 생각으로 더 괴로웠다. 가는 길 중간에 친구인 권도인에게 보낸 편지에 그 심경을 담았다.

> 조상에게 욕을 미치게 하는 것이 가장 추하며, 몸에 형구가 채워지고 매를 맞는 것이 다음인데, 나는 이 두 가지를 모두 겪었다. 천하고금에 어찌 이런 일이 있겠는가.

조상에게 욕 뵈었다고 속상해하는 것이다. 부모에게 물려받은 몸을 상하게 해서 더 맘이 아프다. 아버지 김노경이 고금도로 유배 간 지 10년이 지났는데, 그 아버지의 나머지 죄를 물어 또다시 고초를 당하는 실정이었다.

겨우겨우 화북항에 도착해 배에서 내렸다. 다시 대정으로 80리 자갈길을 걸었다. "사람과 말이 발을 붙이기도 어려울 정도"로 힘이 빠졌다. 홀연 멋진 나무숲이 펼쳐져 위로해주었다. 모든 것이 다 반가웠다.

"간혹 모란꽃처럼 빨간 단풍 숲도 있었네. 이것은 육지의 단풍과는 달리 매우 사랑스러웠네."

물만 보고 떠내려오다가 만난 땅에 뿌리내린 것 중 반갑지 않은 것이 어디 있으랴. 제주 땅 그 유명한 애기단풍이 먼저 눈을 씻어주니 쌓였던 독기가 싹 가셨다. 아름다운 자태로 다가와 "괜찮아. 괜찮아" 하고 달래주었다.

억새풀 춤사위와 더불어 길가에 늘어선 단풍이 반가웠다. 육지에서 보던 것과 달리 작고 귀여워 더 사랑스러웠다. 모란꽃처럼 빨간 단풍까지 마중 나와 조막손을 흔들어주었다.

"그러나 정해진 일정에 황급한 처지였으니 무슨 아취가 있겠는가."

관아에 들러 신고를 해야 하는 일정이 급했다. 지쳐 가누기 힘들 만큼 만신창이가 된 몸도 추슬러야 했다. 불편하지 않은 것이 없으니 그 아취를 누리기가 쉽지 않았다. 그럼에도 낯설고 물 설은 땅이지만, 새로움에 기대서 정을 붙여볼 생각을 했다.

온갖 생각을 걸머지고 먼 길을 걸었다. 기약이 없는 삶을 의탁할 한심한 신세를 생각하며, 제주에 이르는 길에 온갖 슬픔을 다 내뱉었다. 단풍길을 다 지나고 나니 다시 쓸쓸한 외로움이 길동무를 했다.

한 가닥이라도 확신이 있다면 이 쓸쓸함을 끝낼 수 있으련만……. 의식이 없다면 불운하다 탓이라도 하련만……. 거짓말은 할수록 늘어나지만 참말은 할수록 줄어든다. 차라리 입을 닫자.

독 안에 숨어도 팔자는 면하지 못하느니……. 이 땅에서 새 세상을 열어보자. 떨어져 있으니 외려 세상을 편하게 관조해도 이 또한 좋지 않겠는가. 모란꽃 같은 단풍이 나지막이 속삭이며 다독거려주는 듯하다.

식물백신이 만들어낼 효과

나무를 친구로 사귀는 사람이 많아졌다. 죽어서도 나무의 품에서 지내고 싶다고 유언으로 남긴다. 제자리에서만 자라는 나무인데도 날고뛰는 인간과 친구가 된다고? 생각 없는 나무를 희롱하는 생각 많은 인간의 잔망이라 여기지 말자.

나무가 가득한 숲속에서 힐링을 느끼는 건 자연의 이치다. 나무의 뿌리를 달여 마시고 몸이 회복되는 것도 순리다. 인간과 식물세포가 절반쯤은 서로 융합할 수 있다니 이쯤 되면 형제자매가 될 수도 있겠다.

우리가 사는 세상은 집단감염이 퍼진 뒤 경제 공동체에서 생명 공동체로 바뀌었다. 생명의 질서가 흔들리고 있다. 백신만큼은 믿어야 하는데 그것조차 어렵다. 부작용이 두려워서가 아니고 부작용이 적지 않기 때문이다.

그 틈새를 뚫고 들어온 반가운 소식. 먹으며 치료하는 백신을 식물로 개발한단다. 아픈 주사 대신 맛을 느끼며 치료한다는 것이다. 동물세포를 배양하는 대신 식물세포를 배양하는 방향으로 개발하는 중이다. 동물에서 나온 백신보다 면역반응이 더 세고 식물세포 안에서 예방효과를 높이는 분자까지 자연스레 만들어진단다. 이래저래 전보다 수월하고, 빨리, 값싸게 개발한다니 이제 변종 따위도 겁낼 것 없으리라 기대해본다.

자, 이제 바이러스와 우아하게 이별하자. 나무가 우리를 재앙에서 구할 테니 기다려보자. 나무에서 나온 끈끈한 정이 어디까지 뻗을 수 있을지 지켜보자.

나무가 지어낸 사랑이라는 신비한 방정식, 마술이다. 밤나무는 밤이 아닌 낮에 보아도 밤나무다. 모든 것에는 다 본색이 있고 때가 있다.

물음표 모양 향나무의 향기

회사 같은 사회 속에서 도시인들은 이렇게 남의 모습으로 거칠거칠하게 산다.

이제 도시 속 인간들에게 자기 향기는 없다. 인간답게 살고 싶어 괴나리봇짐 싸 들고 도시로 왔는데 뒹굴다 보니 모두 다 세월 속을 꼿꼿이 걸어갈 수가 없게 되었다.

서초역 사거리 향나무 한 그루. 서리풀은 흔적도 없고, 숨 쉬지 않는 빌딩 숲이니 서리풀[瑞草]이라 부르기조차 힘들다. 법원, 검찰청이 코앞이라 썩은 내가 진동한다. 황금색 고릴라 모양으로 교회가 바람길을 턱 막아선다. 온갖 매연이 다 고여 있어 향나무는 숨이 가쁘다. 향기도 없고, 팔목조차 잘려나가 흉측한 모양새가 된 지 오래다.

멀리서 예술의전당이 손짓한다. 고개를 돌려 아주 깊은 숨을 쉬어본다. 거기 어디에 벗할 사람들이 있을 것 같다. 솜털처럼 가벼웠던 삶의 무게만 오래 기억된다. 부드럽게 어울려 손잡고 다툼 없이 함께 지내기를…… 가까이하기엔 너무 먼 예술이 도시인들의 삶에 새겨진 주름을 펴줄 수 있을까. 그렇다면 그 곁에서 이웃들이 인간으로 살겠네.

인간적으로 살면서 남의 운명을 좌우하지는 못한다.*

남의 운명에 기대어 사는데 어찌 내 운명을 그려갈 수 있겠는가. 여기 서초역 사거리에 살아 있는 장승은 회색 도시 속 삶의 솟대다.

재판소, 큰 교회, 멀리 떨어져 있는 예술의전당. 잔뜩 찌푸리고 살다 재판정에서 만나고 헤어지거나 무릎 꿇고 엉금엉금 기며 눈물로 구세주를 찾지만, 뻣뻣해진 삶에서 이제 예술의 향기는 다 빠져나간 듯하다.

그렇지 않은가? 물음표 모양으로 서 있는 향나무. 더불어 손잡고 어우렁더우렁 부드럽게 지낸다면, 허리 휘고 숨조차 거칠어진대도 남은 향기로 그윽하게 퍼져나갈 것이다. 저 멀리 아지랑이처럼 예술이 춤추며 웃고 있다. 내 앞으로 끌어당겨보라. 너무 애쓰지는 말고, 인간으로 되돌아오라. 큰 날숨의 향기를 내뿜어보자.

제 보금자리 나무 사랑할 줄 모르는 새 없다. 인간도 마찬가지다.

---

* 영화 '트로츠키'에서.

사시나무처럼 떨지 않는 삶

비 오는 날 할머니는 먼 산을 보며 나무 타령을 곧잘 흥얼
거렸다. 나무 등걸 같은 할머니의 등에 업힌 손자에게 그
노래는 자장가였다.

> 죽어도 살구나무, 빠르기는 화살나무, 입 맞춘다 쪽나무,
> 불 밝혀라 등나무, 십 리 절반 오리나무, 덜덜 떠는 사시나무.

사시나무 가지는 바람이 살살 불기만 해도 그냥 흔들린다.
견디기 힘든 바람에 벌벌 떠는 것처럼 보인다.

요새는 '혼자서만 잘 살자'며 자기 잘난 맛에 취해 산다. 권
력이나 돈이 없어도 남 앞에서 덜덜 떨지는 않는다. "사시
나무 떨 듯이" 사는 사람은 없다. 추워서 떠는 것과 뭘 잘못
해서 떠는 것은 다르다. 뭔가를 잘못한 뒤 궁상떠는 모습
은 지배자에게는 쾌감을 주고 복종자에게는 자괴감을 준
다. 흘러간 옛 노래는 세상 공부에 도움이 된다.

예전에는 묘 주위에 심을 나무조차 지위에 따라 정해졌다. 서슬 퍼런 권력을 누리던 왕의 무덤가에는 늘 푸른 소나무를 심어 위용을 과시한다. 살아서 누리던 권력을 죽어서도 갖고 있겠다는 듯.

고관대작이 죽으면 그 무덤가를 지키는 것은 회화나무다. 학자로서 자유분방하게 후생을 누리라는 것이다.

불쌍한 민초들은 죽은 뒤, 어떤 나무가 곁을 지켜줄까. 천한 신분으로 살다 간 이들이 묻힌 무덤가에는 사시나무를 심게 했다. 죽어서조차 벌벌 떨며 찌그러져 있으라니 참 고약하다. 죽어서까지도 사시나무처럼 떨게 하다니.

사시나무는 열대지방에서 자라며 뿌리에 물을 잔뜩 빨아들였다 내뿜는데, 그때 잎이 떨린다고 한다. 그렇게 바람막이로 쓰려고 사시나무를 심는다면 그냥 웃고 넘겨도 되겠지. 별로 믿기지 않는 이야기다.

옛 노래는 끝났다. 떨면서 사는 세상도 끝났다. 앞으로 나올 기술을 잘만 활용하면 죽은 뒤에도 자기 세상을 제 맘대로 펑펑거리며 살아 있는 것처럼 만들어낼 수 있다. 전화음성, SNS 언어를 소환해서 생전의 음성을 되살리고 젤로 만든 몸에는 전해액을 넣어 작동시키고 인공지능으로 자기 세상을 맘대로 만들어 다시 태어나 휘젓고 살 수 있다. 그런데 평생 안 해본 말이나 행동은 되살릴 수 없단다. 이제는 죽어서도 살아 있는 것이 있다. 바로 경험.

05

새로운 앎

공자와 살구나무 이야기
나무 그림 한 폭을 닮은 삶
나무에게 삶을 배우다
포도 넝쿨 아래서 마음을 열면
나무 성씨 글로벌 종친회
아이들은 나무 아래서 자란다
대나무가 아닌 마음에 새기는 시간

공자와 살구나무 이야기

고향인 곡부(曲阜)에서 공자는 살구나무 그늘에 제자들을
모아 가르쳤다. 세월이 흐른 뒤 공자묘를 다시 가다듬을
때, 후손 공도보(孔道輔)가 이 자리에 행단(杏壇)을 만들었
다.* 그리고 주위에 살구나무를 심었다. 그 뒤부터 이곳 살
구나무터는 공자의 교육공간을 상징한다.

공자와 살구나무 이야기는 원래 《장자(莊子)》 어부 편에 나
온다.

공자가 울창한 숲에서 놀 때, 행단 위에 앉아 쉬고 있었다. 제자들은
글을 읽고, 공자는 노래를 부르며 거문고를 탔다.

살구나무터가 곡부에서는 공부하는 교실이었는데, 《장자》
에서는 숲속 놀이터처럼 나타나 있다. 더 헷갈리는 것은
따로 있다. 조선에서도 공자의 살구나무터를 교실로 새겨
들었다. 그리고 공자의 정신을 교육하고 학습하는 성균관

---

* 공도보(孔道輔)는 공자의 45대손으로서 1018년에 행단을 조성했다.

이나 향교에 이 나무를 심었다. 두고두고 교육현장으로 기념하려 했다.

당연히 살구나무를 심어야 하는데 어찌 된 셈인지 은행나무를 심었다. 향교마다 우람한 아름드리 은행나무 밑에서 선비정신을 상징한다고 가르쳤다. 정약용이 가슴을 쳤다.

장자에 나오는 공자 이야기는 우화이므로 근거가 될 수 없다. 공도보의 행단이 제대로 된 이야기다. 그런데 조선시대에는 살구나무를 은행나무로 잘못 이해하고 살구나무를 심어 행단을 상징해왔다.**

행(杏)을 쓰고 있지만, 살구나무[杏]와 다른 은행(銀杏)을 심었다. 작은 살구 모양 같고, 씨알이 흰색이라 은행으로 불렸다. 교육공간 행단을 상징하는 나무를 중국은 살구나무로, 조선은 은행나무로 알고 있다.*** 유학자들이 성균관, 향교, 심지어 절에 은행나무를 심고 가꾼 뜻은 그렇게 전해 내려오고 있다.

** 정약용, 《아언각비(雅言覺非)》, 1819년.
*** 은행이라는 말은 구양수의 시에 처음 등장하며(1054), 조선에는 당나라 때 들어왔다.

지난번 폭우 때 성균관에서 자라는 큰 은행나무 줄기가 부러졌다. 바람이 불면 나무는 같이 흔들려야 한다. 그러나 나무와 달리 사람은 꼿꼿이 서서 노를 저어야 한다.

나무 그림 한 폭을 닮은 삶

맑은 하늘에 낀 안개에 싸여 나무에 걸친 달이 한 폭의 매화 그림이다. 나무 곁에서 보름달을 바라본다. 서로 만날 때가 더 정겹다.

매화와 달이 떠 있는 집, 매월당(梅月堂)은 김시습의 호다. 매월당은 젊은 시절 경주 금오산(金鰲山)에 정착하기로 마음먹었을 때부터 밝은 마음을 평생 지니며 살았다. 글재주가 없어 매, 월 두 글자를 그냥 합쳐놓고 손을 뗀 것 같지는 않다. 아홉 번이나 과거시험에서 장원을 차지한[九度壯元公] 그였다. '매화나무에 걸린 달'이 유난히 좋았다. 단순하고 명확해서 더 멋지다.

서경덕은 꽃이 핀 연못이 좋아 호를 화담(花潭)이라 지었다. 연못가에 핀 꽃을 구구절절 읊어낼 재주야 넘치고 넘치건만 그냥 '꽃과 연못'이라 했다. 세상의 명성 따위는 아랑곳없이 화담(花潭) 곁 조그마한 초가에 살았다. 단순하고 소박한 삶에서 외려 많은 것을 누렸다. 그는 꽃과 연못을

자기만의 천국으로 삼고 대부분의 시간을 화담에서 보냈다. 그의 삶을 녹여 화담에 담았고, 화담을 녹여 그의 삶에 담았다.

자연과 더불어 풍류를 즐기던 많은 멋쟁이들이 이곳을 다투어 거쳐 갔다. 못 속에 꽃이 그윽하게 잠길 때면 붉게 비추는 그림자로 '화담'은 자유인이 되었다.

선귤당(蟬橘堂)은 '매미와 귤'이 사는 집을 뜻하는 호다. 이 덕무가 남산 부근에 살 때 "집이 매미[蟬] 허물처럼 허접하고, 귤나무[橘]에서 따 먹고 버린 귤껍질같이 작아서"였다. 어울릴 것 같지 않은 매미와 귤껍질, 묘하게 여운이 남는다. '매화에 미친 바보'라는 뜻에서 '매탕(槑宕)'이라 부르기도 했다.* 그는 정말 매화에 미쳐 있었다. 나무 이야기를 많이 썼고, 귤나무 껍질 같은 집에서 매화에 미친 바보로 살았다.

박목월(朴木月)도 원래 이름은 따로 둔 채 나무와 달, 두 자를 묶어서 이름으로 정했다. 나뭇가지에 걸린 달의 모습이 아름다워 고민하다가 그냥 나무와 달이라고 이름을 지었다. 삶이 털끝만큼도 복잡할 이유가 없었겠다.

좋은 나무가 좋은 이웃을 불러들인다. 달, 연못, 매미껍질 옆에서 나무 한 그루가 좋은 이웃으로 함께 취했을 법하다.

* '매(槑)'는 '매화 매(梅)'의 옛 글자이고, '탕(宕)'은 '어리석다'는 뜻이다.

나무에게 삶을 배우다

바람과 만나면 버드나무는 춤을 춘다. 혼자만의 독무가 아니고 함께 호흡하는 짝춤이다. 그 춤사위가 나날이 진화하여 더 부드러워진다. 땅속에 물이 있으면 물을 좋아하는 가지가 허리 굽혀 입을 맞춘다. 땅속 물길을 알려준 버드나무를 따라 농부는 들판에 샘을 판다.

뻗어나갈 자리를 서로 만들어주는 회화나무. 제 맘대로 뻗어간 길을 제 길로 삼는다. 자유로워 다양하고, 다양해서 아름답다. 말랑말랑한 생각이 부러워 학자들이 좋아했다. 식물은 자기만의 공기층을 만들어 즐긴다. 늘 신선한 산소를 보급받듯이 향기 나는 꽃을 목에 매달고 다니는 사람도 있다. 그는 예술가였는데 목에 매단 휴대용 온실 이름을 '어디서나 오아시스'라고 지었다. 허브의 향기로 외출이 더 즐거웠겠다.

인간은 나무에게서 터무늬를 배운다. 인간의 향기는 삶의 터전에서 뿜어 나오는 터무늬로 기록된다. 지역이 내뿜는

매력도 그 터전이 지닌 무늬에서 나온다.

땅속에서는 뿌리들끼리 협력한다. 식물과 미생물이 땅 아래에서 서로 돕다가 함께 진화한다. 공존이나 공생을 뛰어넘어 함께 진화하는 데 이르자 공진화 사례를 찾아낸 사회학자는 감동의 눈물을 쏟았다.

나무는 흙이나 물에 흐르는 전기로 주위의 변화를 빨리 눈치챈다. 그래서 도와달라고 신호를 보낸다. 나무끼리 화학적인 시그널로 소통을 하니 기상학자가 기후의 변화를 감지하는 데 도움을 받겠다.

나무의 색깔이 바뀐다면 땅속에서 무슨 일이 일어나는 중이다. 땅속에 있는 영양소 덕분에 엽록소가 늘어나 녹색이 더 짙어진 것이다. 뭔가가 부패해 질소비료가 만들어졌기 때문이다. 이는 살인 사건을 수사하는 수사관에게는 상식이다.

어떤 나무는 주변을 감지해서 신호를 보낸다. 변화에 대응하려고 뿌리가 소리를 내고, 이를 받아 소통한다. 식물이 사이보그가 되어 센서 노릇을 한다. 나무와 대화하고 함께 힐링하는 동반자로 지내라고 정신과 의사처럼 처방해주는 것이다.

살려고 독 있는 꽃을 삼키지만 않는다면 세상은 나무에게
서 배울 것으로 꽉 차 있다. 그래저래 나무는 우리 삶의 스
승이다.

포도 넝쿨 아래서
마음을 열면

포도나무 아래에 누워 포도 넝쿨과 포도손*을 보면 누구나 마음속 평화의 원표로 좌표를 찍게 된다.

과일나무를 곧잘 그린 고흐에게도 포도나무는 편안한 여유를 뜻했다. 그는 늘 불안했던 파리 생활을 정리하고 아를에 와서는 편하게 살았다. 그 느낌을 그린 것이 〈아를의 붉은 포도밭〉이다.

〈사향포도가 있는 창가〉는 미셸 앙리의 그림이다. 색채의 감성과 생동감이 쌍으로 추는 짝춤.

그는 힘이 넘치는 붓 터치로 유명해 컬러리스트라고 불린다. 이렇게 그려낸 흐드러진 꽃다발과 꽃나무 사이에 있는 포도가 탐스럽다. 그림 속 포도가 계단을 내려가는 나를 불러세워 그 자리에 서서 한참을 본 적이 있다. 창가의 멋진 풍경과 사향포도가 참……

---

* 포도 넝쿨의 맨 끝부분으로 가장 늦게 생겨난 가지가 아기의 손처럼 생겨서 포도손이라고 부른다.

도미니크 프라사티의 〈포도 덩굴 아래서〉를 보면 포도가 편안히 뻗어가는 모양이 허둥대며 흘러가는 세월을 놀리는 듯하다. 숲처럼 드리워진 포도나무 그늘. 기껏 포도나무 덩굴이 주는 그늘이지만, 덩굴의 그늘 틈새에 대롱거리는 햇살이 순하다.

알알이 야무진 포도는 풍요롭다. 오순도순 껴안고 포도잎 이불 뒤집어쓴 채 재잘대는 자매 같다. 포도알처럼 자녀를 많이 두고픈 바람에 기왓장에 조각해서 지붕 위에 얹어두었다. 포도알이 떼굴떼굴 굴러다닐 것만 같다. 그러다 어머니 가지에 매달려 인연을 지을 것이다.

동글동글하게 맺힌 포도 한 송이에 평화를 가득 채워 빚은 포도주 한 잔을 들어 건배할 수 있다면, 나는 모든 예술가들과 건배하고 싶다.

우리는 수긍이 되는 이야기에 더 귀를 기울인다. 마음을 편하게 하는 포도나무 그림으로 더 편안한 마음밭을 가꿀 수 있다. 여기에 예술이 한 발짝 먼저 나선 것이다. 살아 있어도 죽은 것이 있고 죽었어도 살아 있는 것이 있다. 마음속에 평화가 있으면 늘 예술과 더불어 살아갈 수 있다.

꾸불꾸불한 포도나무 가지는 쫓기는 게 아니라 새것을 찾아 기웃거리는 것이다. 새로운 사람들과 연결시키고, 새 길을 만들어낸다.

나무 성씨 글로벌 종친회

짐승은 숲이 있어야 살고 사람은 집이 있어야 산다. 숲속 마을에 살면서 통나무집을 멋지게 짓던 아저씨는 인기가 많았다.

나무 위에 집을 짓는 이는 이름을 송(宋)이라 불렀다. 오얏나무가 있는 집은 이(李), 좀 더 울창한 숲속에 사는 임(林), 받침대를 세워 나무를 잘 키우는 박(朴).

그 숲속 마을에 나무 종씨가 갈수록 늘어나고 숲에는 나무가 줄어들자 사람들은 하나둘 터전을 떠나갔다. 이(李)씨 몇 명도 먼 데로 이사 갔다. 그는 중국에 가서 리(Li)가 되고, 서쪽으로 간 이는 리(Lee)가 되었다.*

임(林)씨도 멀리 떠나갔다. 중국에 가서 린(Lin), 광둥에 살며 람(Lam, Lum), 일본에 가서는 하야시[林], 미국에서는 브루스(Bruce)가 됐다.

서쪽으로 간 사람들은 제 맘대로 이름을 잘도 붙인다. 물

---

* 서양 리(Lee)씨는 고대 영어 Léah에서 나왔다. '숲을 개간하는' 사람이란 뜻이다.

푸레나무 초원에 살면서 애슐리(Ashley), 호랑가시나무 덤불이 좋아서 레슬리(Lesile, Lesley), 목수로 이름난 카펜터(Carpenter), 그 동생 우드맨(woodman), 나무 물통을 잘 파는 쿠퍼(Cooper), 숯 굽는 일을 하는 콜먼(Coleman, charcoal + man), 숲속을 이리저리 뒤지는 명탐정 워커(Walker), 숲속 여기저기 소식을 전하는 포스터(Poster).

가지가 아름다운 나무는 그늘도 짙다. 맑은 이들이 모여 살던 그곳에는 터무늬가 선명한 믿음이 솟는다.
멀리 뻗어 간 나무들이 한데 모여 글로벌 종친회라도 열면서 나무 성씨를 지닌 후손들을 사랑하던 뿌리를 기억해주길 바란다. 이웃들을 잊지 말 것을 당부한다. 소나무가 무성하면 잣나무도 기뻐하는데, 뿌리 내리기가 힘든 세상이 되어간다. 걱정이다.

아이들은
나무 아래서 자란다

나무 밑은 호기심 천국이다. 감꽃이 필 때부터 감나무 밑은 놀이터다. 감꽃이 떨어지면, 새벽부터 감꽃을 줍는 아이들로 소란스럽다. 방금 떨어진 뽀얀 감꽃은 참 예쁘다. 실에 꿰어 목에 걸고 다니다가 심심하면 하나씩 따 먹기도 한다. 감이 열리고 익어가는 중에는 더 말해 뭣하리. 감 서리 때문에 막대기가 닿는 부분은 일찌감치 잎만 남는다. 노랗게 익어가는 감의 유혹을 누가 참으라 했는가. 흔들어대든, 나무에 올라타든, 대나무 장대를 끌고 와서 후려치든 할 수 있는 짓은 다 한다.

힘들게 딴들, 한 입 물었다가 떫어서 "퉤" 내뱉는 것이 전부지만, 감나무 아래는 매달린 그대로 보는 것이 힘든 어린 악동들의 성장 터전이었다.

그러다 보니 과일나무 밑에는 저절로 길이 났다. 달콤한 사탕열매가 빨갛게 손짓하는 대추나무야 오죽하겠는가. "대추나무 밑에 말을 매어놓으면 대추가 많이 열린다"는 속담이 있다. 말이 빙빙 돌며 대추나무를 흔들어줘서 대추가 많이 열리는 걸까? 사실은 말이 무서워 애들이 근처에도 못 가니 대추가 온전히 보전되는 것이다. 어릴 적 추억을 먹고 자란 이들은 이런 속담에 빙그레 웃는다.

한 노인이 대추나무 키우는 법을 가르쳐준 이야기가 전해 내려온다.

"사람들이 와서 대추나무 밑에 말을 매도 꺼려하지 말라. 나중에 푸른 대추와 붉어진 대추를 비교해보면 내 말을 믿을 것이다."

그 뒤 대추의 수를 실제로 세어봤더니 처음과 똑같았단다. 아이들의 손을 타지 않았기 때문이다.

어린애들은 나무 밑에서 큰다. 나무를 붙들고 씨름하며 한나절을 보낸다. 나무가 내려주는 감, 밤, 대추, 살구 모두 다디단 추억을 안겨준다. 색색 구슬 같은 장난감이다. 힘들지만 나무 위에 올라가면 감보다 귀한 것을 얻을 수 있다. 옆에 서 있는 나무와 내 키의 높이가 같아진다. 건너편 산이 잘 보이고, 새로운 세상이 보인다. 이렇게 덤으로 얻는 것이 나를 훌쩍 키워주었다. 제발 나무 밑에 말 좀 매어두지 말았으면. 오동나무 밑에만 지나도 춤이 저절로 나올 수 있게.

대나무가 아닌
마음에 새기는 시간

진시황의 이벤트 주제는 '광란'이었다.

태워 없애버린 책들은 종이가 발명되기 전에 나무에 새긴 것으로 대나무로 만든 죽간이거나 나뭇조각에 새긴 목간 이었다. 그때 운 좋게 남겨진 죽간이 어느 마을의 우물에 서 발굴되었다. 죽간에 새겨진 글은 깜짝 놀랄 만한 내용 이었다.

정부가 어떤 법률로 어떻게 백성을 다스렸는지 상세히 적 혀 있었다. 그 시절 관청의 법률집, 포고문, 처벌규정 기록 등이었다. 글쓴이는 죽음을 당하고 기록은 파묻혔지만, 규 칙을 담은 대나무는 살아남았다. 꼿꼿하게 쑥쑥 뻗은 그 살갗에 올곧은 진리를 새긴 덕분이었다.

담양 소쇄원(瀟灑園)에 가면 '현대판 죽간'을 만날 수 있다. 입구부터 줄지어 손님을 맞이하는 크고 우람한 대나무. 철 없는 이들이 자기 이름을 대나무 껍질에 파놓았다. 아름 다운 정원에서 영원히 살고 싶었나 보다. 묻혀서 누워 있지 않고 살아서 서 있다. 중요한 문서를 기록한 고대 죽간과 달리 저마다 잘난 이름을 새긴 현대판 죽간이다. 철없는 사람은 평생 발버둥쳐도 철들지 못한 채 살 수밖에 없다는데…….

옛날에는 모두가 함께 지킬 법률을 새겼었다. 지금은 혼자서만 잘살면 되는 세상이다. 이 세상에 기록으로 남겨야 할 것은 자기 이름뿐이라고 철없이 생각하는 젊은이들이 많다. 비뚤어진 자기 확신으로 가득한 사람들과 함께 살아가다 보니 때로는 나조차 외면하고 싶은 모습을 보일 때가 있다.

나는 대나무 숲길을 산책(散策)할 때 생각을 흩뿌려놓는다. 운동하는 산보(散步)나 걷는 것[走]이 아니다. 기운을 맑고 깨끗하게[瀟灑] 하여 나를 세우려는 생각이다. 흩뿌려서 잘 간추려 맑고 좋은 생각으로 걸러내는 데는 시간이 걸린다. 잘 짖는 개가 사냥은 못 한다고 하니 조용히 대나무 숲을 산책하면서 더 많이 기다려야 할까 보다.

06
함께 나누는 힘

이슬에 영글고 봉황이 즐기는

굽신거리는 풀, 고사리

제자리를 찾아 지키는 삶

수줍은 자작나무의 꽃말

오래 살아 미안한 살구나무

비탈길에서 홀로 빼어난 소나무

잘못 없이 희생되는 나무

이슬에 영글고 봉황이 즐기는

온갖 과일 가운데서 홀로 먼저 성숙됨을 자랑하며, 신선의
이슬을 머금고 있어서 진실로 봉황이 먹을 만하거니와 임금
의 은덕을 입었음에 어찌 꾀꼬리에게 먹게 하오리까…….*

앵두를 선물로 보내준 임금께 올리는 감사의 글이다. 꾀꼬리
가 먹는데 복숭아처럼 생겨서 '앵도[鶯桃, 櫻桃]'라 부른다.
임금이 신하에게 선물할 만큼 품격 있는 앵두. 임금의 혼백
을 모신 종묘 제사 때 "앵두를 제물로 바치는 것이 의례의
본보기니, 5월 초하루와 보름 제사에 올리라"라고 했다.**
일찍 익고 맛까지 달콤하니, 으뜸 정성으로 바치고 싶었
을 터이다.

세종은 앵두를 좋아했다. 세종이 손자를 무릎에 앉히고 앵
두를 먹여주며 좋아하는 모습이 실록에 나온다. 아들 문종
은 궁궐에 앵두나무를 많이 심어 손수 물을 주며 정성껏

---

* 최치원, 《동문선》.
** 태종 11년, 1411.

가꾸고 따서 올렸다.

"바깥에서 따서 올리는 앵두 맛이 어찌 세자가 직접 심은 것만 하겠는가."

세종은 빨간 행복을 누리는 봉황이었다. 국사에 매진하는 틈에 손자와 앵두를 오물거리며 태평하게 망중한을 즐기곤 했다.

성종도 앵두를 좋아했다. 한번은 앵두를 가지고 관리의 역할을 교육했다. 앵두를 담은 소반 두 개를 승정원에 내려주면서 성종이 물었다.

"하나는 장원서(掌苑署)에서 올린 것이고, 하나는 민가에서 진상한 것이다. 지금 장원서에서 올린 앵두는 살이 찌고 윤택하지가 않다. 더구나 늦게 진상해 도리어 민간의 것만 못하다. 무릇 유사들은 마땅히 맡은 직무를 다해 일하라"라고 가르쳤다.***

철정이라는 관리가 성종께 앵두를 바쳤다.

성종은 "성의가 가상하니 활 한 장을 내려주라"고 감사를 표했다.****

이 관리는 앵두 로비 전문가였는지, 연산군에도 앵두를

*** 성종 19년, 1488년.
**** 성종 25년, 1492년.

바쳐 각궁(角弓)을 하사받았다.*****

우물가 앵두나무는 아이들의 눈치 전쟁터다. 붉은색이 돌기 시작하면 조바심이 인내심을 저울질한다. 그러다 성질 급한 녀석이 후닥닥 훑어서 튀어버리면 전쟁은 싱겁게 끝난다. 과감히 돌진하지 못한 자, 번번이 패장이 된다. 한 발짝 앞선 승자의 쾌감은 새콤달콤한 앵두 맛처럼 오래오래 남는다.
잘 익은 앵두를 골라 한발 먼저 따내려는 눈치 싸움에서 이겨본 사람이라면 앵두를 바치고 활을 받을 꾀도 있겠지.

너무 예쁜 열매를 맺는 나무는 노리는 놈들과 싸우느라 힘들다. 속으로는 단단한 씨앗 하나를 품고 있지만, 겉은 반질반질 윤기가 나는 빨간색 미인이다. 맘 설레게 하는 야무지게 예쁜 앵두입술[櫻脣] 때문이다. 그 자태 참 고혹스럽다.

굽신거리는 풀, 고사리

백이숙제를 생각하면 고사리가 떠오른다. 수양산에 들어
가 먹은 것이 어찌 하필 고사리였을까. 그들이 지은 시 채
미가(采薇歌)에는 고사리를 캐 먹고 지낸 이야기가 나온다.

저 서산에 올라, 고사리를 캐도다. 폭력으로 폭력을 대신하
고도 그 잘못을 알지 못하네. 신농과 우, 하나라가 모두 사라
졌으니, 나는 어디로 간단 말인가? 아, 떠나련다. 운명이 다
했구나!

수양산에 들어간 것은 세상을 피해 숨어 살려는 뜻이었다.
어느 날 눈에 띄는 풀이 있어 살펴보니 생김새가 고약했
다. 허리는 꼿꼿한데 고개를 잔뜩 수그리고 있었다. 굽신
거리는 풀. 심성이 바르지 못하고, 굽히고 사는 사람을 피
해 산속으로 왔다. 그런데 깊은 산속에 사는 식물조차도
굽신거리고 있었다. 도대체 왜 그러한지 궁금해서 펴보려
고 꺾어본 것이 아니었을까.

주려 죽으려 하고 수양산에 들었거니 현마 고사리를 먹으려 캐었으랴. 물성(物性)이 굽은 줄 미워 펴보려고 캠이다.*

처음에는 아마도 나무의 열매를 따 먹거나 나무의 뿌리를 캐 먹었을 것이다. 칡뿌리, 마뿌리 같은 먹기 좋은 연한 뿌리나 풀로 나물 반찬을 만들어 잘 먹고 지냈을 것이다. 고사리 비슷한 야생 완두콩을 먹었다는 말도 전해 내려온다. 고사리는 독성 때문에 생으로는 못 먹는다. 데치고, 말리고, 다시 불리고, 끓인 다음에야 나물로 상에 올린다. 독이 있는 줄 모르고 먹었다가 죽었을까. 아니면 독이 있는 줄 알고 죽으려고 먹었을까. 굽히고 사는 고사리 나물을 씹고 또 씹어도 사라지지 않는 마음속에 쌓인 세상 응어리는 어찌했을까. 하찮은 고사리 풀로 독기 품은 영혼을 삶아낼 수는 없었을 터…….

나무에 핀 꽃은 영혼의 양식이다. 이 양식을 모아서 나무의 삶이 이어진다. 우리 인간도 마찬가지다.

---

* 김천택(金天澤), 《청구영언》.

제자리를 찾아 지키는 삶

궂은 날 산책길에 만난 노숙자 같은 나무. 낯선 땅에 와 거친 숨을 깔딱거리고 있었다. 제자리에서 오래도록 살아갈 인연이 모자란 탓일까. 자꾸만 눈에 밟힌다.

이 아무개 선생이 좋은 뜻에서 이곳으로 옮긴 백등나무, 힘없이 늘어뜨린 머리털에 굽은 등을 웅크리며 비를 맞고 있다. 선생의 좋은 뜻은 미처 뿌리내리지 못했나 보다. 느티나무 한 그루도 고개를 외로 돌리고 앙버티고 있다. 김아무개가 국회의사당 터를 닦을 때, 제 놀던 데서 이곳으로 보내왔다. 쇠잔해진 몸으로 혼자 외롭게 세월에 밀려나고 있다.

"턱턱 사랑은 영이별이고, 실득멀득 사랑이 영사랑"이라던데, 제자리에서 받았던 첫사랑이 너무 컸나 보다. 그쪽 에너지를 안고 왔더라면, 새 터에서 그 기운이나마 쏟아 자리 잡았을 텐데. 떠밀려 와 기가 빠진 채 더부살이를 하고 있다. 빈터에 기대고 살다 보니 힘을 줄 기운조차 남기지 못하고 흩어져버린 거다. 나무는 옮기면 죽고 사람은 옮겨야 산다.

인간이고 나무고 각자 살 수 있는 만큼만 산다. 거추장스러운 추억일랑 버려두고 뜨거운 공기를 만들어 내뿜으며 날아가는 비행기처럼 잘나갈 때 날면 좋다. 고민하지 말자. 그래도 제 몫의 자리는 잘 찾아 지켜야 하고, 컴컴하고 눅눅한 현실에서 탈출이라도 할 땐, 좀 더 지혜로워야겠지. 화장한 악마가 유혹할 때도 있으니까.

먼 산에서 떠내려온 나무 조각이 넓은 바다 떠다니는 눈먼 거북이의 목에 끼어 함께 떠도는 기막힌 만남, 맹귀부목(盲龜浮木). 그런 인연으로 만나지는 못하더라도 이곳까지 옮겨져 와 자라며 앙바틈한 뿌리를 내리면 하룻밤만 피었다 지더라도 그 나무는 아름답다.

제자리서 떠나지 않고 복을 누릴 수 있다면 청복이다. 제 집이 극락이라지 않던가. 더부살이 틈에서 점점 비틀어져 죽어가는 노숙자 나무들. 그저 짠하다.

그래도 기억하라. 함께 지낸 날, 뜨거웠던 햇살 함께 데려 간 바람이 저편에서 잊을 수 없는 그대 맘속에 남겨져 있다. 그리고 시간의 벽을 타고 전해 내려온다.

수줍은 자작나무의 꽃말

수줍음은 다른 사람에 대한 감성에서 나온다. 남자의 수줍음은 그와 달리 자신에 대한 리얼리티에서 나온다.

핀란드 로바니에미에서는 순록조차도 이방인에게 부끄러움을 탄다. 해를 가린 긴 겨울의 극야[Kaamos] 현상도 수줍은 하늘의 모습 아니겠는가. 거기에서 나는 50대 남자의 수줍음을 보았다. 사우나를 함께 하며 자작나무로 서로 등을 때려주고, 맨몸으로 검은 호수까지 달려가 뛰어들고 난 뒤에야 낯선 수줍음이 사라졌다.

호숫가, 자작나무 벤치에 걸터앉아 아무 이야기나 한바탕 떠들고 나니 물바람을 만난 듯 상쾌했다. 다정했다. 자작나무를 태운 하얀 연기가 오두막의 사우나 벽을 타고 온통 뿌옇게 덧칠할 무렵에는 차곡차곡 쌓아둔 돌에도 온기가 번졌다. 얼굴에 내려앉은 수줍음은 어디론가 날아가고, 뜨거운 체온에 끈적거리는 땀처럼 솟아나던 욕심도 사라졌다. 스모키 사우나는 모두의 모든 것을 사라지게 하는 마술을 펼친다.

핀란드에서는 공항이나 다른 어디에서나 자작나무가 줄지
어 손님을 맞는다. "당신을 기다립니다"라는 자작나무의
꽃말 그대로 손 흔들며 수줍은 눈짓과 미소를 함께 보내며
기다린다. 로바니에미로 가는 입구를 이어주는 길. 촛불을
세워놓은 것 같은 모양의 긴 다리에 불을 밝혀 찾아든 어
스름과 함께 환영하며……. 여행객들에게 보내는 수줍음
을 조금 없애주려는 것인가.

수줍게 인사하는 사람은 사랑할 수밖에 없다. 자작나무 껍
질처럼 가려진 뒤에 남은 것들 때문에 더욱 더…….

오래 살아 미안한 살구나무

동네 어귀에 살구나무 한 그루. 어린아이들이 세월을 먹고 자라 어른이 다 되어갈 무렵…… 숨바꼭질하며 놀던 터를 육이오전쟁이 할퀴고 지나갔다.

동네를 삼켜버린 빨치산이 마을 사람들을 잡아다 살구나무에 묶고 몽둥이질을 해댔다. 어릴 때 팔을 쭉 벌려 가슴으로 안으며 몸통을 재보곤 했던 친구 같은 나무에 뒤로 손을 묶인 채, 그 나무를 업고 흐느끼다가 두들겨 맞아 숨이 끊긴 이들이 있었다. 그 뒤부터 동네 사람들은 그 나무 곁을 피해 다녔다. 어쩔 수 없이 지나치더라도 눈길을 돌렸다.

그래도 철이 되면, 살구는 속절없이 열렸다. 아무도 그 살구에 손을 대지 않았다. 아무도 그 살구나무에 손을 대지 못했다. 지은 죄도 없이 죄인나무가 되어 죽으며 살아가는 살구나무. 아픈 사람을 구한다던 살구나무는 마른 가죽만 남은 채 웅크리고 있다. 이웃들에게 몹쓸 짓을 하고 사람들을 멀리 떠나보내는 데 쓰이고 지금, 아무 말이 없다.

인간들은 나무를 괴롭힌다. 숨바꼭질처럼 숨어버린 세월도 나무를 괴롭혔다. 해소기침 같던 그 신음 소리는 잦아들었지만 지금도 옛날 그 자리에서 시커멓게 문드러져버린 시간을 삭이며 앙버티고 서 있다.

오래 살아 미안한 살구나무. 논어에서 인(仁)을 108번이나 말한 공자님! 살구나무 아래 행단(杏壇)에서 어질게 살라고 가르치지 않았나요? 밤나무에서 은행이 열기를 바라고 있는 건가요? 사과나무에서 배가 열기를 기다리는 건가요?

비탈길에서 홀로 빼어난 소나무

세한도 감상 글에는 소나무를 높게 칭찬한 글이 눈에 띈다. 많고 많은 가지들처럼 소나무의 여러 모습을 찾아내 묘사하고 있다. 그런데 그 소나무는 위험한 비탈길에 서 있다. 낭만적인 은둔이 아니라 잡혀 와 갇혀 있는 것처럼 보인다. 뿌리는 땅을 움켜쥐고 단단하지만, 가지는 차가운 바람에 휘청거린다.

'산 나무'를 살리려 만든 '죽은 나무'의 버팀목이 더 아름답다. 친구들이 바로 버팀목 나무들이다. 바위 위로 솟아 뻗어 올라간 소나무 앞이니, 풀들이 스스로 기죽어 시들 수밖에 없다고 풀에 빗대고 있다.

> 기묘한 바위에 높이 뻗은 나무. 저토록 빼어난가. 산 덤불 습지 풀들은 그 앞에 모두 시들었네.
>
> − 장요손(張曜孫)

외진 비탈길에서 홀로 자신을 다듬는 비탈길 신령한 나무. 그것이 바로 추사라고 노래한다.

동해의 끝, 대황의 산에 신령한 나무가 있어 세상에 잘 은둔
했다 하네. 서리와 눈이 보살피고, 바람과 구름이 오가네. 본
성이 이미 굳건한데, 모습은 더욱 빛나네. 동량이 될 터인데
바위 따위와 벗하랴. 외진 비탈에 살며 관계를 끊음은 재능
이 못나서가 아니니.

— 장수기(莊受棋)

뿌리가 튼튼해서 시들지 않는 소나무에게 힘을 실어준다.
늦게까지 자라야 동량이 된다고.

푸르른 송백의 자태여, 찬 겨울 앞에 우뚝하구나. 너는 평소
와 다름없는데 세속의 눈이 먼지에 가렸을 뿐이네. 문득 떠
오르는 건 현인의 마음. 곤궁과 현달에 상관없이 도를 지키
네. 뿌리가 튼튼해서 시들지 않거니와, 변화를 중시하는 것
이 아니라네. 동량은 늦게서야 완성되는 법. 처음부터 끝까
지 잘 지키게나.

— 왕조(汪藻)

조선의 독립운동가들도 세한도에서 당연히 한결같은 늘
푸른 절개심을 본다. 이시영은 "자신이 지킬 것을 지키며
한겨울을 산 절의를 느낀다"라고 했다. 오세창은 "세한도
를 보는 것은 마치 황천에 있는 친구를 일으켜 악수하는 것
과 같아 기쁨과 슬픔이 한량없다"라고 했다.

김준학은 "창밖에 눈 쌓인 때를 돌이켜보니, 창밖엔 측백나무만 빼곡히 서 있었네. 봄빛 따스한 오늘 벗을 만나 세한도를 감상하면 헌 동안 시름에 젖는다"라고 썼다.

비탈길 저 어딘가에 그림 속 운명처럼 자리를 잡은 소나무 한 그루가 있다. 차가운 그 터에서 끊임없이 텃사랑을 받으며 자기를 지키려 마음을 쏟아낸다. 추운 겨울, 송백이 시들지 않음을 뒤에야 알게 된다.*

쓸쓸한 여순감옥에 몸을 맡긴 안중근도 붓에 먹을 묻혀 이 글을 썼다. 조선시대 거제도에서 유배 중이던 이행도 세한정을 지었고, 김부필은 늦게 시든다는 뜻으로 집에 후조(後凋)라고 이름을 붙였다.

제 탯자리에서 뿜어내는 사랑. 세속에 색깔을 바꾸지 않는 사랑. 뜻깊은 이 사랑은 정녕 지키고픈 자기에 대한 사랑이겠다.

---

*《논어》 자한편 28장.

잘못 없이 희생되는 나무

알람브라궁전의 궁 가운데 헤네랄리페에는 많은 이들이 몰린다. 이곳 '물의 정원' 아세키아에 펼쳐진 숨 막히는 대칭 구도를 사람들이 즐긴다. 사방 천지에 우거진 숲, 다듬어진 나무로 눈맛조차 시원하다. 눈이 놓친 장면을 만들어 낸 사진 한 컷에도 비명이 터진다.

이 정원에서는 색깔보다 소리가 더 두드러진다. 정원 가운데에서 방울방울 솟아오르다 떨어지는 분수대를 놓치면 안 된다. '알람브라궁전의 추억'이라는 음악을 작곡한 기타리스트는 이 분수대의 물소리를 담아서 기타 줄을 퉁겼던 것이다.

그런데 그 잔잔한 감성을 뒤흔드는 '파격의 미'를 연출하는 나무가 있다. 울창한 푸른 숲과 분수대 사이에 하얗게 서 있다. 반듯하게 하늘로 솟아 있지 않고 삐딱하게 옆으로 기울어져 대칭 구도를 깬다. 짙푸른 녹색 틈에서 홀로 벗은 나목(裸木)이다. 죽은 나무다.

그 화려한 궁에서도 '그을린 사랑'이 싹을 틔워 자랐나 보다. 불륜을 저지르던 왕비가 몰래 한 사랑을 나무가 보고 있다고 생각한 것이다. 나무에게 수치스러운 왕비는 그 나뭇가지를 쳐내고 껍질을 벗겨 말라 죽게 했다. 죄 없는 나무가 대신 희생한 것인가. 희생의 미덕이라고 칭찬받지만 나무는 억울하다.

억울하게 희생된 또 다른 나무는 세상을 떠들썩하게 한 사건이었다.

사람들은 전쟁을 피하기 위해 전쟁을 시작한다고 말한다. 일본 천황이 선전포고할 때 한 말은 "불가피한 전쟁이며, 내 의지에 반한다"는 헛소리였다.

북한군이 미군을 도끼로 공격해 두 명이 죽었다.* 시야를 확보하기 위해 미루나무를 베려던 미군이 당한 것이다. 애꿎은 미루나무를 마저 베어 없애버리는 군사작전이 벌어졌다. '폴 버니언(Paul Bunyan) 작전'.**

한국은 특전사를 파견하고, 미국은 함대와 항공모함을 출격했다. 1만 2천 명의 병력을 파견하여 대기하는 일이 벌

---

* 1976년 여름 도끼만행 사건.
** 폴 버니언은 산속에서 벌목하며 사는 미국 전설 속 순한 나무꾼.

어졌다. 국제뉴스의 중심에 서게 된 애꿎은 미루나무는 마침내 무참히 절단되었다.

미루나무는 버드나무(柳) 종류다. 미국에서 들어온 버드나무라고 해서 미류(美柳)나무였다. 이 땅에 들어와 사는 미국나무, 미국 군인이 바람에 뒤흔들리는 버드나무처럼 이야기로 뒤얽혀 남아 있다.

어느 부부가 밭일을 하다가 티격태격 다투는 소리를 들었다.

싸움이 불리했던지 남편이 소리를 빽 지르며 벌떡 일어나 성큼성큼 밭고랑을 거슬러 나가버리는 모습이 보였다. 몇 걸음 가던 남편은 홱 되돌아와 갑자기 톱을 번쩍 치켜들더니 밭 옆 나무들을 사정없이 잘라버리는 것이었다. 나무가 도대체 무슨 잘못을 했다고 그러냐고 아내가 핀잔을 주었다.

부부싸움을 말릴 수는 없고, 나는 이렇게 생각했다.

'나무가 잘못했네. 왜 거기에 서 있어?'

잘잘못을 따지기 싫어하는 요즘엔 주변에 잘못을 돌린다. 알람브라궁전이건, 전선이건, 밭고랑이건 거기 서 있는 것이 잘못인가? 그래저래 나무는 인간들의 애증을 모두 끌어안고 희생하는 덕목조차 지니고 산다. 인간들이 저지르는 사랑과 증오를 나무는 알기나 할까.

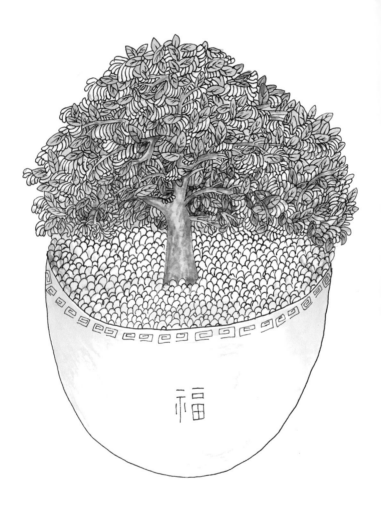

07

남겨둔 꿈

아담과 이브가 처음 입은 옷
사라져버린 수호천사 님프나무
나무의 욕망은 생존이다
나무의 힐링 방식
나무가 자신을 지키는 방식
연극배우로 등장한 나무
안방으로 들어온 감나무

아담과 이브가 처음 입은 옷

벌레나 꽃가루를 옮겨줄 때 사랑을 받지 못한 암꽃도 있다. 이를 알지만 나무는 꽃을 데리고 산다. 벌과 나비를 불러들이려면 그래야겠지. 그런데 언제까지나 꽃을 끌어안고 살기는 어렵다. 제 삶에 필요한 최소 에너지를 지켜내려고 어쩔 수 없이 스스로 꽃잎을 떨어뜨린다.

그래도 열매는 맺힌다. 열매가 맺히면 처음에는 다소곳하게 데리고 있지만, 어느 때가 되면 함께 지내던 과실마저 떨어뜨린다. 이때는 좀 잔인하게 떨어뜨린다. 겨우 조금만 남겨서 함께 살아간다. 떨어진 그 열매는? 땅에 사는 작은 생물들의 먹이가 된다. 그 때문에 또 다른 생물들이 나무 곁으로 다가와 사랑하며 지낸다.

모든 못된 짓들도 그 시작은 사랑이었다. 당장 사랑받지 못한 것은 당연히 죄가 아니다. 그러나 당장 사랑하지 않고 기다린 것은 죄다. 사랑은 기다리는 것이 아니다. 기다릴 이유가 없다. 사랑은 그냥 좋아서 하는 것일 뿐, 그냥 미치도록 빠져들고 말 일이다.

꽃 없이도 열매 맺는 사랑의 진심을 왜 믿지 못하는가. 외기러기 짝사랑도 정도가 있지. 연애하면서 뭔가를 챙겨가며 자아성취를 기대하는 것은 위험하다. 사랑이라는 방정식은 참 희한해서 에스키모인이 눈을 설명하는 것만큼이나 느낌이 서로 다르기 때문이다.

어떻게 사랑을 기다리고만 있을까. 서서 기다리지 말라. 무관심 때문에 사랑이 바뀔 수도 있다.

흔들릴 때 그 끝에서 안달복달하다가, 넘어갈 뻔한 곳에서 그냥 가버린 사랑열매도 있다. 무화과. 푸른 상처 때문에 첫맛은 스쳐 지나치고 징허게 단맛으로 마지막을 내주는 무화과. 그을린 흔적만 남긴 채 헛헛한 사랑 찾아 사방팔방에서 몸부림친다. 다 익은 뒤에 남은 거뭇거뭇한 흉터를 못 보았는가.

나무야, 나무야. 꽃 없는 나무야! 꺾지 못할 나무야! 사랑하는 것과 좋아하는 것의 경계를 좀 알려다오. 정직함과 멍청함의 울타리도 좀 알려다오. 배려가 지나치면 사랑이 발붙이기 어렵다는 걸 세월이 지나 뒤늦게서야 알기 전에.

아담과 이브가 알몸을 가리려 옷으로 처음 착용한 것이 무화과나무 잎이다.

무화과는 꽃 없이 열매를 맺는다. 제비꽃은 꽃이 피면 열매를 맺지 않는다. 꽃 없이 맺는 열매의 마음을 누가 알기나 할까?

사라져버린 수호천사
님프나무

나에게 여신들이 찾아와준다면 누구와 손잡을까. 그리스 로마 신화에 등장하는 님프들 아닐까. 님프는 나무가 가득 찬 숲속에 산다. 때로는 강이나 골짜기에서도 지낸다. 자연을 사랑하는 아가씨다.

님프는 늘 젊고 오래오래 살지만 자기가 수호하는 나무가 죽으면 안타깝게도 함께 따라 죽는다. 꽃을 피우고, 가축을 지켜주고, 사냥감까지 챙겨준다. 목이 마를 때 님프에게 물을 달라고 하면 샘물을 퍼주고, 덤으로 앞을 내다보는 능력도 준다.

그런 님프가 나무가 울창한 숲속을 헤매는 사람을 유혹하거나 자신의 모습을 본 사람을 미치게 만들어버리기도 한다. 또 사랑하는 사람을 납치해서 슬픈 인연으로 끝을 내기도 한다. 그럼에도 모두를 지켜주는 수호천사이기 때문에 누구나 한 번쯤은 기대고 싶은 천사다.

나무의 님프는 원래 하마드리아드인데, 참나무(드리아드), 물푸레나무(멜리아스), 은백양나무(레우케), 사과나무(에피멜리아드)도 나무 님프이다. 물의 님프나 땅의 님프와 달리 나무 하나하나가 큰 힘을 갖는다.

내가 간절하게 만나고 싶었던 나무 님프가 있었다.

들판에서 일하던 분이 허리를 펴다가 우연히 산 밑으로 눈길을 주었다. 저 멀리 저수지 갓길을 차 한 대가 느릿느릿 지나가고 있었다. 그런데 순식간에 자동차가 시야에서 사라져버렸다. 깜짝 놀랐고 스스로도 믿을 수가 없었다.

어쩔 줄 몰라 하다가 무작정 저수지 쪽으로 내달렸다. 아무래도 헛것을 본 것이라고 중얼거리다가, 사람 살리라고 소리를 치다가, 한참을 달려가다 고개를 들어 보았다. 저수지 둑 위로 사람들이 하나씩 솟아 올라왔다. 그러더니 네 명이 개미처럼 꿈틀거리고 있었다. 달려가보니, 세상에 이런 기막힌 일이…… 미끄러진 자동차가 저수지 밑 물가에 거의 닿을 지경이었다. 자그마한 나무가 이 차를 막고 서 있었다. 그 차에 아버지가 타고 계셨다.

어, 어, 하는 순간에 차가 저수지로 미끄러져 들어갔고 혼비백산하는 중에 갑자기 자동차가 멈춰 섰다고 한다. 정신을 바짝 차리고 조심조심 문을 열고 나와보니 아까시나무가 자동차 가운데를 딱 막고 서 있었단다. 문을 열어 한 명

나오고, 겨우겨우 또 한 명 나오고, 모두 엉금엉금 기어 나와서 털썩털썩 주저앉았다.

그리 크지도 않은, 흔해 빠진 아까시나무 한 그루. 나는 그 이야기를 한참 지난 뒤에야 들었다. 기가 막혔다. 그 나무 요정에게 몇 번이고 절이라도 해야 할 것 같았다.

"이 나무는 사람을 살린 나무니, 절대 베지 말고 보존합시다."

팻말에 새겨서 들고, 막걸리 한 통을 싣고 그 저수지를 찾아갔다.

그런데 아무리 둘러보아도 그런 나무가 없다. 그새 누군가 베어버린 것이다. 이번엔 내가 털썩 주저앉았다. 막걸리를 쏟아붓고, 팻말은 잘려나간 나무 밑둥에 올려놓았다. 허탈했다. 님프요정의 최후처럼 슬펐다. 지켜주지 못해 미안한 아버지 나무.

그 뒤 세월이 많이 흘렀다. 아버지는 돌아가시기 3일 전에 가족들이 둘러앉은 자리에서 엉뚱하게도 그때 이야기를 다시 해주셨다. 무슨 뜻일까? '그때 이미 죽은 목숨인데 운이 좋아서 여태껏 잘 살았다. 그 뒤로는 덤으로 산 것이니 너무 서운해하지 말아라.' 나는 이렇게 새겨들었다. 운명처럼 그리고 마법처럼 만난 나무. 아직도 아버지만큼 그립고 아쉽다. 제 모습을 보여주지 않고 사라져버린 님프 나무. 이런 님프는 누가 지켜주나. 지켜주지 못해 미안하다. 아버지의 나무!

나무의 욕망은 생존이다

경쟁으로 치닫다가 성패가 갈려야 끝이 나는 피를 말리는 현장, 스포츠 경기장.

번아웃된 이들은 현실과 동떨어진 생각으로 자신을 치유할 수 있다. 금메달을 기대하다 동메달에 그친 선수라면 더 나빠지지 않게 끝나서 다행이라고 여긴다. 어떤 경우든 현실을 후회하지 않고 미래로 가야 하기에…….

사람들의 마음 저 끝에는 욕망이 먼저 가 있다. 대롱대롱 매달린 유혹에 마음을 걸어두고 몸이 뒤따르면서 아쉽고 슬픈 사연들을 만들어낸다. 그 크기가 각자 다르기에 제3자는 재미있게 관조한다.

욕심은 늘 제 키를 훌쩍 넘는다. 엿장수 엿가락처럼 자신을 쭉 늘인다. 그러고는 내팽개치는 것 대부분이 욕심이다. 자신을 낮춰 곁을 배려하고 비움을 늘려가면 어떨까? 대신 그 자리에 행복을 채운다면, 그 작심 참 귀하다. 비워도 행복할 만큼 기본이 채워진 사람이라면. 자기 사랑이

철철 넘치는 사람일 것이다. 충분히 이룬 여유를 뒤따라오는 그대는 누군가.

이 세상에 완벽한 사람은 없다. 의도가 완벽하면 그냥 그렇게 부른다. 그 끝에서 좀스러운 어떤 것이 기다리지는 않겠지만 그것만으로도 섧다.

나무는 뭔가를 만나려 자꾸 뻗어간다. 포플러가 하늘을 향해 뻗는 이유는 햇빛을 사랑해서다. 제 맘대로 휘어지는 회화나무는 바람을 따라 자유를 찾아간다. 버드나무는 흐르는 물가로 가지의 끝을 내린다. 언덕 위의 팽나무 뿌리도 늘 물가로 뻗어 나아간다. 만나고 싶은 걸 찾아 제각기 몸을 튼다.

나무의 욕망은 그저 생존이다. 몸과 맘이 앞서거나 뒤따르며 지키는 것이다. 난초 그리기를 즐기듯 쭉쭉 마음 가는 대로 맡기고 비우는데도 각기 제 방향을 정해두고 뻗어가는 잎들, 눈길은 별 생각 없이 따라가면 된다. 중력을 거슬러 제 맘대로 뻗어 내려가는 이파리 두어 잎, 무심하게 여유까지 부리는 파격의 미학, 이 아름다움으로 그 뭔가를 찾아낸다.

복숭아나무나 자두나무는 말을 하지 않아도, 그 아래 저

절로 길이 생긴다[桃李不言, 下自成蹊(혜)].* 아름다운 꽃심 덕분에 열매의 향기도 더불어 저절로 생겨나니 누구나 발길을 들인다. 제삿밥 잘 얻어먹고 소 훔쳐 몰고 가는 도둑놈이 아니라면, 평정심을 가진 사람이라야 이렇게 자기를 세운다.

고향집 언덕에 우산같이 생긴 크고 우람한 소나무가 하나 있었다. 나무 아래에 모여든 사람들은 세상의 주인이었다. 정만 있으면 삿갓 밑에서도 살아간다고 하지 않던가. 세월이 지나고 나니 그 소나무에서 새로운 것이 보인다. 가지가 아래로 뻗어 내려와 있다. 평상이라는 무게를 따라 자연스레 흐른 것이다.

그 나무를 '하심송(下心松)'이라고 이름 지었다.

* 사마천, 《사기》.

나무의 힐빙 방식

다정한 포도나무는 넓게 퍼진 머리카락을 흩날리며 옆 친구에게 팔을 쭉 뻗어 어깨동무를 걸친다. 돈이 많은 귤나무는 방울방울 노란 복돈 주머니를 보여주며 유혹한다. 애잔한 바나나무도 달콤한 추억을 흔들어댄다. 그냥 우리 맘에 쏙 들어오면서 위로해준다.

버드나무는 굳이 뭔가를 하려고 애쓰지 않는다. 끊길 듯 이어지는 이러한 변화를 보고 있으면 나도 편하게 늘어진다. 회화나무의 헝클어진 생김새로 살고 싶다면, 이런저런 생각을 꼬리에 매단 채 그네처럼 날아오르면 된다. 그리고 한 번쯤은 이 세상을 우습게 내려다보자.

고향 마을 입구의 느티나무는 나무하루방 같다. 많은 이야기를 이 나무에 걸어놓고, 무심하게 그대로 흘려보낸다. 별 뜻 없는 말들을 오가며 듣는다. 수다쟁이(樹多諍理). 마을 어귀 옆길에서 살짝 비켜서 고개 돌린 나무들이 가지마다 자잘한 세월을 매달고 수다를 떤다. 세월이 미소를 짓든 귀싸대기를 때리든 올 것은 오고, 갈 것은 간다.

사람은 결국 실망스러울 수밖에 없는 존재지만, 나무는 결코 실망스러울 수 없는 존재다. 나뭇가지에 주렁주렁 매달린 후회, 행복, 고생 등을 모두 다 사랑이라는 이름으로 달갑게 받아들일 수 있기에⋯⋯. 그리고 한 줄기 바람에 태워 멀리 떠나보낼 수 있기에⋯⋯.

사람들은 영혼의 양식만으로는 살 수가 없다.

맛좋은 준치를 먹으며 가시를 피할 순 없다. 귀염둥이도 어디선가는 미움둥이가 되는 게 세상일이다. 스스로 균형을 맞춰야 오래오래 이어간다. 힐링만으로는 아쉽다. 잘 살려면 웰빙을 합친 힐빙이어야 한다.

나무가 자신을 지키는 방식

공자는 빙빙 에둘러 말하기를 즐긴다. 플라톤이 펴낸 '대화편'을 보면 플라톤의 대화 방식도 비슷하다. 질문을 던지고 멀리 떨어져서 사람들이 논의하는 것을 지켜본다. 대화를 통해 발견하는 교육법이라 그렇다. 다만 공자는 문제에 대한 솔루션을 만들어 매듭을 지어주는데, 플라톤은 끝까지 지켜보고 자기들끼리 찾게 한다.

책 한 권 안 쓴 공자, 책 한 권 남기지 않은 소크라테스. 제자들이 그들의 대화를 기록으로 남겨 두고두고 읽는다. 정작 문제만 던지고 답을 알아서 찾게 하는 방식 때문에 답답해하면서. 그런데 공자가 단호하게 딱 잘라서 말한 것이 있다. 자신 있게 말할 때 읽는 사람은 속이 다 시원해진다.

> 그대들은 내가 숨기는 것이 있다고 여기는가? 나는 숨기는 것
> 이 없다. 나는 그대들과 함께하지 않은 것이 없는 사람이다.
> 그것이 바로 나다[是丘也].
>
> – 논어 술이편 23장

'나는 누구인가'를 찾으려고 논어를 읽는 이의 머릿속이 환해진다. 숨기거나 꾸미는 사람을 만나는 것은 물 흐르듯 사는 이들에게는 엄청난 부담이다.

> 비위 맞추는 말을 하거나 아양 떠는 얼굴빛을 꾸미는[巧言令色] 사람치고 어진 사람이 드물다.
>
> – 논어 학이편 3장

그런 사람은 군자의 대열에서 제외한다. 인간 세계에서 겉과 속이 너무도 다르기에 이렇게 강조하며 가르치는 것이렷다.

나무가 한여름 땡볕 친구로 얼굴을 익히는 동안 나무에 매달린 열매들과 아이들은 허물없는 사이가 된다. 그래서 여름 햇살이 순해질 무렵 선보이는 햇과일 향기도 낯설지 않다. 나무는 그 귀한 첫 마음을 알 리 없는 개구쟁이들로부터 자신을 지키려고 여물기 전에는 다가오지 못하게 만들었다.

땡감이 익기를 기다리다 지친 꼬맹이들은 막대기가 닿기만 하면 따서 그냥 한번 씹고 퉤퉤 뱉어버린다. 뾰족한 가시로 뒤덮인 밤송이도 이빨을 보이며 웃을 때까지는 곁에

얼씬도 하지 못한다. 호두나무나 은행나무도 자기의 첫 맘을 지키려고 고약한 냄새를 뿜어댄다.

도대체 왜 감은 다 익기 전에는 그리도 떫은가. 기다려야 떫은맛을 단맛으로 바꿔준다. 또 밤은 왜 온통 뾰족한 가시로 뒤덮여 있는가. 아무리 급해도 밤나무 열매는 껍질째 먹을 수 없다.

소 잡아먹은 터는 숨겨도 밤 까먹은 터는 남는다. 신이 즐기던 걸 인간 세상에 내려보낼 때 심술을 부리느라 겉과 속을 다르게 만들어 위장을 한 거란다. 얄궂은 조바심을 놀리려는 거라네. 따가운 가시, 고약한 냄새, 떫은맛으로. 곁에서 익어가는 향기를 지켜보고, 큰 기쁨을 맛보라고 가르친다. 인내를 배우라고 스승은 침묵을 지킨다.

사납게 자신을 지키고 나서는 뒤따라오는 풍미를 큰 기쁨으로 보상받는다. 과일나무들도 헤프게 자기를 내놓고 바보 되는 일 없게 어릴 적 첫 마음을 지킬 때는 독하다. 우리는 생존법칙 또 하나를 순정파 과일나무에게 배운다.

나무가 이렇게 살아가는 것을 우리는 이미 알고 있다. 그런데 나무는 우리가 잘 안다는 이 점을 이미 알고 있다. 그 아름다움은 나무 속에 있었다. 사람도 진정한 아름다움

은 겉모양보다 맘속에 있다. 벽에 붙은 파리는 언젠가는
날아 떠나가게 되어 있다.

연극배우로 등장한 나무

연극은 좁은 무대에서 비현실을 가장 현실처럼 보여준다. 관객들을 끝없이 긴장으로 빠트리며 소통을 이어간다. 때로는 엉뚱함으로 긴장의 끈을 해체시킨다. 여기서 사람들은 희열을 느낀다. 이런 공식을 뛰어넘는 부조리극 '고도를 기다리며'. 가끔씩 잔잔하게 일어나는 밀물처럼 기억을 헤치고 나왔다가 들어가곤 하는 연극이다.

사람들이 누군가를 기다린다 하면 커다란 나무 밑에서 발을 종종거리며 팔짱을 웅크린 모습이 먼저 떠오른다. 이 극에서도 고도가 오는지 기다리는 모습이 딱 그랬다. 처음부터 극 중에 등장하는 건 인물이 아닌 나무였다. 앙상하게 휘어진 채 무대 가운데를 차지하고 있었다. 등장인물들은 주위로 밀려나 맴돌고 있었다.

고도가 누군지도 모르고, 나무 밑에서 만나기로 한 것도 모른 채 다음 날에도 약속도 없이 사람들이 기다리는 곳에 나무가 함께 한다. 궁금한 질문을 압축해서 구부정한 나무가 물음표처럼 서 있다. 부조리극이니 그 나무를 주인공이라고 보고 싶었다. 마치 나무가 뭔가를 관객들에게 물어보는 것 같다.

이 나무는 살아 있는 나무[樹]가 아닌 죽은 나무[木]다.

극이 지루해질 무렵 이 나무에 잎이 무성해졌다고 너스레를 떨곤 다시 무대가 환해졌다. '아, 드디어 고도가 오나 보다.' 그 생각을 비웃는 것은, 나무에 달린 달랑 한 장의 이파리다. 나뭇잎 한 장을 보고 무성하다고 볼 수 있는 '의미 없는 의미'다.

그 나뭇잎 한 장이 살아 있는 나무임을 확인시켜주는 재치 넘치는 반전 장치였다. 굳이 노랑 풍선을 매달고, 현수막으로 휘감지 않아도 된다. 조막손만 하게 핀 나뭇잎을 살랑살랑 흔들어주면 된다. 먼 곳에서 오면서 지쳐 있을 그 누군가를 생각할 때 방정맞은 생각을 하지는 않는다. 서성이거나 종종걸음으로 나무를 빙빙 돌면서 드는 생각은 그저 건강한 모습으로 짠 하고 나타나는 반가움이다.

아무리 부조리극이라지만 처음부터 끝까지 나무 하나만으로는 쓸쓸했다. 나무 밑에 모정 하나쯤, 나무 밑 등걸에 힘 자랑하는 들독 한두 개쯤, 그리고 장기 두는 노인 두세 명 있었으면 우리 정서에 편안히 기댈 수 있었을 터이다.

긴장을 즐기는 이 연극은 나무 한 그루로 고통스러운 날숨
에 편안한 들숨을 이어주는 힘이 있다.

안방으로 들어온 감나무

악(樂)이라는 글자는 나무 목(木) 위에 실 가닥[絲]이 얽혀 있는 모양이다. 나무 위에 맨 실타래를 퉁겨 소리를 내는 거문고가 생각난다. 실 가닥을 퉁겨서 낸 소리로 누운 나무 조각이 행복하다.

음악을 즐기느라 고기 맛을 못 느낄 정도였다면, 진짜로 공자님이 그랬냐고 되물을 만하다.

"소(韶) 음을 배우고 즐기느라 석 달 동안 고기 맛을 잃어버렸다"(논어 술이편 13장)는 말이 무슨 뜻일까?

> 소왕의 음악은 아름다움의 극치이며 또 선함의 극치이고,
> 무왕의 음악은 아름다움의 극치이나 선함의 극치는 아니다.
> – 논어 팔일편 25장

안연이 공자에게 나라 다스리는 법을 묻자 "음악은 순 임금의 소무를 쓴다"(논어 위령공편 10장)라고 말했다. 아름다움과 선함을 모두 갖춘 소음을 어지간히 좋아했나 보다. 노래를 잘하면 앵콜을 청해서 다시 익히는 공자는 제자들과

악기를 다루며 즐겼다. 음악으로 인격을 키우려는 교육공학이었다.

음을 받드는 거문고 소리는 어디서 오는가. 살아서 인간의 몸에 영양을 대주던 과일나무가 죽어서 인간의 영혼을 살렸다.

> 시에서 감흥을 일으키고, 예에서 사람답게 세상에 서며, 음악에서 성정을 완성한다.
>
> ― 논어 태백편 8장

인간을 완성시키는 것은 순전히 나무로 만든 악기의 힘이었다. 악기를 만들 때 대목장은 아껴두었던 곰삭은 나무를 쓴다. 감나무로 장롱을 만들 때도 마찬가지다. 죽은 감나무의 살아 있는 예술 말이다.

잘 익혀둔 감을 뺏길 때마다 문드러진 속, 참고 삭혀내 그때마다 검은 천 한 자락으로 덮고 또 덮어 나뭇결에 공이로 박혔던 먹처럼 검은색이다. 그렁저렁 늙어가 사라질 즈음이면 먹감나무 안에는 추상화 여러 폭이 겹쳐지게 된다. 감나무는 늙어 스러진 뒤에야 안방에 들어와서 다시 산다. 그제야 비로소 장롱은 흑공단 같은 이야기로 더 빛난다. 오랫동안 태웠던 속 사연이야 이젠 다른 세상을 떠도는 이야기일 뿐. 떫은맛이 단맛으로 바뀌듯 다시 태어난 것이다.

장롱이 된 감나무는 안방마님의 윗목에서 사랑을 듬뿍 받으며 지낸다. 나무로 만든 장롱이나 악기의 아름다움은 그 속에 담긴 한에 서려 있다. 녹아 없어지기 전에 마지막으로 타들어 숙성된 이 마지막 터트림이 참마음인가 싶다.

가다듬고 기다렸던 고운 모습만은 아니었다. 헤집고 다니던 탁한 소리들을 새로운 소리로 모아내 듣는 이의 마음을 흔들었다. 마치 공자의 삶이 그러했듯이.

뜨거움으로 달궈지고, 차갑게 다시 원래로 돌아가도 여전히 삭혀지고 담금질되었을 터. 음악을 좋아한 공자의 마음속에 실현되지 못한 꿈들이 알알이 박혀 있을 듯하다.

08

아낌없이 줌

나무를 찾아 달려가는 마음

낙엽을 놓아버린 풋사랑

나무를 심어 자연에 동참하기

자연의 질서대로 아름답게 살아가기

나이 든 나무의 시간 변주곡

판타지 이상을 주는 나무

애국 소나무의 아픈 하트

돈 나무가 된 나무들

나무 밑에서 자라는 창의력과 예절

나무에게도 욕심이 있다

나무를 찾아 달려가는 마음

사람들은 익숙한 소리를 아름다운 소리라고 생각한다. 그런
생각이야말로 음악 발전의 걸림돌이다.

찰스 아이브스(Charles E. Ines)의 말이다. 실험정신이 강한
그의 '콩코드 소나타'는 첫 연주 뒤 거의 잊혔다. 그 후 세
월이 60여 년이나 흐른 뒤에야 다시 조명을 받았다.

주어진 틀 안에서는 운명을 건너뛰지 못한다. 많은 혁명가
가 인간답게 살기를 포기했기에 자기 활동이 가능했다. 누
구나 외면하고 싶은 자기 모습 하나쯤은 지니고 산다. 떼
어내버리고 싶지만, 어찌하지 못하는 안타까운 마음으로.
이때는 누구나 현실에서 도망치라고 말하고 싶다. 현실 도
피자나 방관자는 오히려 자기 현실에 확신을 갖기가 쉽기
때문이다. 어디로 간단 말인가? 두 팔 벌려 받아주는 나무
가득한 숲속이 제일 좋다. 나무는 그런 이에게 선물을 주
기 위해 기다린다.

늦가을에 약속도 없이 달려가면 백담사 개울 건너편에서

기다리고 있는 호두나무 한 그루가 딱 그랬다. 낙엽 사이 곳곳에 숨겨진 주렁주렁 매달렸던 호두 알을 찾으며 나는 그 언저리에서 보물찾기를 즐긴다. 아주 작고 검은색이라 눈에 잘 안 띈다. 이 호두나무의 선물, 위로받고 싶은 나에게만 보인다. 은둔자의 모습으로 시간을 함께하며, 나에게 굳이 무엇을 새기겠는가.

거무튀튀해진 손에 한 움큼 움켜쥐고 계곡물에 씻어주면 뽀얀 얼굴을 내민다. 찾아내줘서 고맙다고, 만나서 반갑다고……. 움푹움푹 팬 호두 알 곳곳에는 지난 이야기가 가득하다. 호두가 들려주는 위로의 이야기. 종알종알, 쫑알쫑알, 좌르륵, 차르르륵. 겨울 내내 코트 주머니 속에서 재롱떨며 나에게 에너지를 보태준다.

힘든 일 붙잡고 씨름하느니 차라리 밖으로 뛰어나가자. 더 예쁜 이야기 만들어두고 기다리는 숲으로.

그런데 나무야, 너 알기는 하니? 내가 널 찾아 달려갈 때, 나는 사라지거나 잠수하는 것이 아니다. 탈옥을 하는 것이다. 사나운 사람들 떨궈두고 탈옥할 때 흘린 피는 자유를 꽃피우는 씨앗이다. 그 숲에서 만난 호두 알은 고소한 즐거움도 있지만 무조음으로 지친 맘을 설레게 한다.

낙엽을 놓아버린 풋사랑

기억해주오, 함께 지낸 날들. 태양도 오늘보다 환히 불타올 랐지. 낙엽들이 뒹굴고 있네요. 북풍이 데려간 망각 저편 모 든 것. 잊을 수 없는 그대 맘속 노래……. 나는 너를, 너는 나 를 사랑했었지…….

쓸쓸한 가을이면 잊지 않고 찾아오는 유명 시인의 시에, 유명한 작곡가의 곡, 그리고 이브 몽땅이 영화에서 직접 부른 노래 '고엽[Autumn Leaves]'. '작은 참새[La Môme Piaf]' 였던 에디트 피아프가 이브 몽땅과 풋사랑을 조잘거리다 헤어질 때 맘이 그랬을까. 멋쟁이 나무가 이별하며 불러준 추억 노래였을까.

나무가 자기를 사랑하는 법은 인간과는 사뭇 다르다. 무육 (撫育). 가지를 치거나 넝쿨을 제거하고, 솎아서 베어낸다. 버리며 키우는 아픈 자기 사랑법이다. 나눔을 실천하면서 자기를 사랑하는 방식이다. 어떤 나무처럼 물을 간직하고 있다가 필요할 때 나눠준다. 종족을 보존하는 방법이기도 하지만 사랑하기에 가능하다.

바닷물을 먹는 뽕나무는 그 물을 종족을 보존하는 데 쓴
다. 벌들도 날아들어 그 물을 먹고서 제 종족을 번식시킨
다. 민물이나 바닷물 가리지 않고 다 먹는다. 그래도 가지
를 버리거나 잎을 떨굴 때는 아프다.

어느 새벽, 유리창을 두드리는 소리에 잠에서 깨어 다가가
니 단풍나무가 손을 흔들 듯 가지를 저으며 울부짖는다.
이제 곧 이별인데 그렇게 잠이나 자고 있냐며.

> 군자의 덕은 바람, 소인의 덕은 풀.
> 풀 위에 바람이 불면, 바람 부는 방향으로 쓰러진다.
> – 논어 안연편, 19장

낙엽이 이야기라도 좀 나누자고 애원하며 파르르 떤다. 지
금, 손 뻗어서 되잡을 사랑인데 놓치면 멀어질 테니 더 늦
기 전에 말해달라고. 모두 다 사랑의 색깔이었다고.

가벼운 낙엽으로 견줘볼까도 생각했었다. 죄다 버려버릴
까, 아니면 버려둘까. 나무와 나는 여기저기서 솟아난 생
각 좀비들과 집단 씨름을 한다. 갖고 또 갖고, 다시 갖고 싶
은 것들, 버리고 싶은 것, 못 버려 안타까운 것들, 마음자
리를 두고 다툰다.

봄을 느끼기엔 이르지만, 그래도 마음은 봄인데, 계절이 느릿느릿 교대하는 중에 크게 바뀌지 않은 채 하루하루 밀려가는 삶이 지루하지만, '행복 환승' 중인 것을 이제야 알아간다.

따를 것을 거스르면 결과는 재앙이지만, 그것도 전조를 받아들이면 다행으로 돌릴 수가 있다. 빗낯 들 듯이 우리 삶에 스며든 순리를 따르면 된다. 짜릿한 것만 찾던 젊은 시절에는 못 느꼈던 것, 나이 들어서야 찾아낸 이것.

습관이 되어 내려앉은 헛된 사랑 각질들. 전쟁으로 없애려 하지 말고 잘 데리고 지내면 닭살이 돋을 자리에 작은 기쁨이 대신 내린다.

첫 잎부터 만나 마지막을 함께 한 단풍나무 잎은 이별의 맛이었다. 바삭바삭한 그 소리, 아프게 내려앉아 아직도 귓가에 맴돈다. 사랑 가난이 옥죄어올 때마다 그 나뭇잎이 고소한 소리로 나를 달랬을 것이다.

나를 힘들게 하면 그 운명, 놓아줘버려라. 놓아줬는데 다시 돌아온다면 그것은 내 것이다. 만일 돌아오지 않으면 원래 내 것이 아니었다고 생각하자.

나무를 심어 자연에 동참하기

요제프 보이스의 작품에서 풍기는 메시지는 일관성이 있다. 자연을 외면한 인간은 존재할 수 없다는 공존의 철학이다. 물질만능주의에 기댄 기술로 브레이크 없이 돌진만해서는 문명이 파괴된다는 울림이다.

실제로 타고 있던 비행기가 추락해 죽을 고비를 넘기고 숲속에서 헤매다 살아 돌아온 그다. 그가 입었던 너덜너덜해진 옷을 우리나라에서 전시한 적이 있다. 그가 발견한 것은 나무가 소중하다는 진리였다.

그는 작품 '7,000그루의 오크나무'에서 나무 한 그루와 돌기둥 한 개를 배치했다. 그리스 신전 같은 문명과 자연을 대비한 것이다. 이 작품은 단지 전시를 하는 것만으로 끝나지 않았다. 실제로 나무를 심는 프로젝트로 이어져 매달 정해진 만큼의 오크나무를 계획적으로 심었다. 5년에 걸쳐 7,000그루를 심어 자연이 회복하는 데 실직적인 도움이 되었다. 이는 '나무 천국'을 만들어가는 여정으로 계속 이어졌다. 나무 한 그루를 심는 것은 자연에 동참하는 의식이다. 나무에 톱을 대는 것은 자연을 썰어버리는 만행이다.

'전나무와 가시나무'의 대화를 이솝이 들려준다. 가시나무를 못났다고 놀리던 전나무가 도끼질 소리를 듣고 놀라자 가시나무가 말한다.
"전나무야, 네가 아무리 잘난 체를 해도 저 소리 들으면 겁나지?"
전나무는 푸른 하늘의 공기를 마시고, 따사로운 햇빛을 받고, 좋은 집을 짓는 인간에게 듬뿍듬뿍 사랑을 받는다. 그럼에도 자신의 꿈을 무참히 뺏는 인간들이 두려운 것이다.

살아 있는 나무를 자를 때 인디언은 자그만 의식을 치른다. 나무의 둥치를 어루만지며 불가피하게 잘라야 하는 이유를 설명한다. 나무사진을 주로 찍는 어느 작가는 나무를 찍을 때 나무 둘레를 빙빙 돌며 나무의 허락을 받는다고 한다. 하루, 이틀 기다리다가 나무가 허락하면 그때야 찍는단다. 도끼로 나무를 찍든 사진기로 사진을 찍든 나무와 하나가 되는 의식을 치러 예의를 지키는 것이다.
나무는 자연 속에서 온 힘을 다해 살고 있다. 인간이 손대지 않으면 나무는 제 방식대로 잘 산다. 요즘 과일 맛이 예전만 못하다면 그 나무가 힘들기 때문이다. 궁합이 맞지 않는 데서 뒤틀리며 크고 있거나, 벌레를 죽인다고 나무의 몸에 독한 약을 뿌려댔기 때문이다.

나무를 심는 것은 자연에 동참하는 것이고, 나무에 해를 끼치는 것은 우리가 스스로를 해치는 짓이다. 제 몸에 도끼를 들이대는 짓이다. 작은 나뭇가지로 만든 도끼가 아름드리나무를 찍어 눕힌다.

자연의 질서대로
아릅답게 살아가기

새봄에 새싹이 나거나 나뭇가지가 새로 뻗어갈 때 나무는 나름의 규칙을 따른다. 나뭇가지가 나올 때는 1, 2, 3, 5, 8 의 순서로 생겨난다. 이 구성원리를 식물학에서는 '피보나치의 수열'이라 부른다.

이 현상을 자연의 법칙대로 이해하면 단순하다. 순서대로 나와야 서로 겹치지 않고, 햇빛이나 바람을 많이 받는다. 오랫동안 세월을 보내면서 그렇게 진화된 것이다.

이 원리가 지니는 아름다움에 반해 그림으로 표현한 화가가 있다. 몬드리안은 '피보나치의 수'에 착안해 그림을 그렸다. '붉은 나무'(1908), '회색 나무'(1912)는 수열에 맞춘 그림이다. '꽃피는 나무'(1912)도 곡선을 적용한 것이다.

나무는 혼자서 살기보다는 어울리면서 산다. 외로움에서 벗어나려 친척과 공생하면서 사는 덧셈 원리로 산다. 그리하여 자연스레 나무가 울창한 숲이 생겨났다. 그 숲속에 꽃이 피고, 새가 날아들고, 동물이 찾아와 둥지를 틀고 나무와 가족을 이룬다.

윌리엄 모리스는 이 어울림의 아름다움을 그려 집안으로 초대했다. 나무, 꽃, 자연을 그린 벽지 그림으로 생활예술을 널리 퍼트렸다.

"하루 종일 그림을 보면서 살면 좋겠어."

"그래, 그럼 아침부터 잠자리에 들 때까지 그림 속에서 살게 해줄게."

그는 생활의 중심터인 집안에야말로 진짜 아름다움이 필요하다고 생각해서, 이처럼 멋진 그림 벽지로 집을 꾸미게 한 것이다.

그의 그림 속 꽃과 나무는 주변에서 흔히 볼 수 있는 것들이었다. 부드럽게 휘어진 버드나무의 곡선을 뽐낸 벽지는 지금도 인기가 많다. 템즈 강가를 산책하며 봐둔 길쭉길쭉한 잎과 가지들이다. 석류나무에 앉은 새도 함께 그리고, 딸기를 훔치는 귀여운 새들도 슬그머니 숨겨서 등장시킨다. 모리스는 나무, 새, 작은 동물, 풀꽃이 집안에서 함께 살게 한다. 신나고 아름다운 어울림을 그린다.

인간이나 나무 모두 자연의 질서에 맞춰 아름다운 모습으로 살고 싶어 한다. 나무는 가을에 잎을 떨쳐낸다. 겨울바람이나 적은 일조량 때문에 제 몸을 가누기가 힘들어질 테니 미리미리 몸을 가볍게 하는 것이다. 아픈 마음으로 친구를 떨쳐내는 단풍에 속절없는 인간들은 황홀해 한다. 색동옷으로 차려입고 자기들끼리 이별 파티를 하는데도…….

나무도 인간처럼 빼기, 더하기, 곱하기, 나누기를 한다. 얄밉게 계산 속에서 살면서 자신을 보존한다. 더불어 살려는 덧셈 원리에 화가들이 감동받고, 그들의 그림에 많은 이들이 짜릿함을 느낀다.

나이 든 나무의 시간 변주곡

오래된 나무는 그냥 나이만 더하며 살지 않는다. 다양한 방식으로 자신을 표현하며 산다.

> 내린 뿌리는 나무 몸에 의지하고 피운 꽃은 나뭇가지 끝에 붙었네.
>
> – 백거이, 유목시(有木詩)

꾸부정한 등을 엉거주춤 내밀어주고는 빙긋 웃는 소나무, 맑은 능소화를 편안하게 업어주고, 기둥이 되어준다. 해를 만나려 낑낑 솟아오르는 능소화, 여름철 산사에서 만난 노승과 동자승처럼 산다.

크레타섬 서쪽에 있는 '아노 보우베' 마을에 오래된 할배 같은 올리브나무 한 그루. 고대 그리스 시대에 태어나 지금껏 살아 있단다. 올림픽 때 월계관으로 쓸 나뭇가지를 여기서 꺾어 간다. 4년마다 찾아오는 이들이 고마워 지금도 제 가지를 기꺼이 내준다.

캘리포니아 인요국립공원엔 4,900년 된 소나무가 있다.

성경에 나오는 무드셀라처럼 오래 살았다고 무드셀라 소나무라 부른다. 이 할배는 다이어트하느라 100년 사이 겨우 3센티미터 자란다.

할배 나무들은 제 스스로 체중을 조절하며 나이를 먹는다. 나이 들면서 나무들도 시간 변주곡을 만들어 늘 새롭게 살아간다. 아름답게 살아낸다. 대구 동산병원 언덕에는 나이 든 사과나무 원목이 산다. 아무리 봐도 사과나무 같지가 않다. 실제로는 미국에서 이사 온 뒤 오랜 시간이 흘러 새롭게 변주곡을 만들어가며 노년을 즐기는 중이란다.

나무는 밋밋하게 나이 들지 않는다. 희한한 열매처럼 새로운 맛을 보여준다. 인간들은 비로소 눈이 번쩍, 혀가 사르르, 정신이 혼미해지며 새 맛으로 나이 든 나무의 참값을 알게 된다.

정읍 두월리에는 250년 된 청실배나무 한 그루가 있다. 어느 집 뒤꼍에 우두커니 서 있다. 그런데 아무리 봐도 배나무가 아니다. 춘향의 어미가 이도령의 밥상에 올려준 그 귀한 청실배가 아니었다. 아그배였던 것이다. 허름한 집 여기저기 떨어져 나뒹구는 배들, 남의 동네 아침 산책길에서 만난 그 아그배나무는 우아하게 나이 들면서 황홀한 맛을 내도록 환생한 것이었다.

나이를 먹는지, 나이가 드는지 모르지만 시간을 도와서 함께 엮어낸 변주곡으로 삶의 노래 몇 가락쯤은 또 지을 수 있겠다.

나무처럼 인간들도 나잇값을 제대로 하고는 사는가? 남들과 뭔가를 나누며 사는가?

판타지 이상을 주는 나무

현실 세계에서 벗어나 또 다른 나를 만나고 싶다. 나 아닌 나에게 취한 채 살아내는 즐거움이 크겠지만, 보통 사람들에게는 쉽지 않다. 그래저래 자기 맘을 대신해줄 아바타가 가까이 있으면 한결 낫겠다.

상상만으로도 그 판타지의 의미가 떠오르면 기쁨도 더 크겠다.

이덕무는 청장관(靑莊館)이라 호를 짓고, 재미난 상징성을 지닌 자신의 아바타로 삼았다.

그가 차용한 상징은 강이나 호수에 사는 해오라기다. 해오라기는 먹이를 뒤쫓지 않는다. 제 앞을 지나가는 물고기만 쪼아 먹는다. 그냥 제자리에 서서, 자기 앞으로 오는 것만 자기 것으로 삼는다. 그래서 신천옹(信天翁)이라고도 한다.

실물이 주는 판타지로 호를 삼은 이들 중에서 성수침이 돋보인다. 그는 소나무가 바람 소리에 취해 사는 것이 부러웠나 보다. 호를 청송당(聽松堂)이라 붙였다. 소나무가 서로 스치며 내는 솔바람 소리를 들으며 지내고픈 것이었다. 그는 종로구 청운동 소나무 숲 가운데에 집을 지었다. 실제로 기묘사화 때 관직을 내던지고 몸을 피해 그곳에 머물며 은둔했다. 그의 삶은 푸른 구름과 소나무에서 소소하게 이는 바람 그 자체였다. 그리고 경서연구에만 몰두했다.

조준도 소나무에 빠진 이다. 호를 송당(松堂)이라 했으니, 소나무 소리가 넉넉한 집이라는 뜻이다. 세상이 혼란스러워 혼자만의 세상으로 숨어들어 있어도 들려오는 세상의 소리는 참고 듣기 힘들다. 이때 바람을 타고 들려오는 은은한 소나무 가지 흔들리는 소리가 위로가 된다.

고려 말 혼란스러운 세상을 근심하는데 바람 소리와 더불어 《송당집(松堂集)》을 펴내 개혁정책을 제시하는 데 도움이 되었다. 자연이 전해주는 소리에서 해답을 찾은 것인가.

야전에서 먹고살아야 하는 문제를 판타지로 해결해준 꾀쟁이, 제갈공명. 갈나무 많은 동네를 본향으로 둔 제갈씨의 후손쯤으로 생각했다. 그런데 실은 '삼국지연의'에 등장하는 이야기에서 붙여진 성씨다. 전쟁 중에 먹거리로 쓰려고 일부러 제갈채(諸葛菜)를 심어 가꿨다. 번식이 잘돼서 무리 지어 키우기도 좋았다. 무엇보다도 꽃 색깔이 맑아 먹음직스럽다.

여린 잎을 따서 모아두었다가 식량 대용으로 썼다. 늘 허기진 전쟁터에서 부하들에게 배곯는 소리가 나지 않게 하는 것은 지도자의 첫째 덕목이다. 꽃나무를 키워서 잎을 따서 먹이는 부하 사랑에 믿고 따르는 이들이 많았을 법하다.

인간의 삶에서 나무는 귀하고 고마운 동반자다. 뽕나무는 잎을 내줘 샅샅이 찢어내 실을 뽑고 옷을 짓는다. 소나무는 제 가죽을 벗겨줘 밥을 지어 나눠 먹인다. 나무는 매달린 열매를 줘 귀한 먹거리로 선물한다. 통나무는 제 몸을 쓰러트려 얼기설기 엮어내 집을 짓게 내준다.

그냥 판타지로 끝난 것이라 보면 서운하다. 인간은 아무리 떵떵거려도 죽고 나면 기껏 여섯 자밖에 안 된다. 살아 있는 나무는 제 몸을 풀어서 이런 인간의 의식주를 도맡아 해결해줬다.

애국 소나무의 아픈 하트

뾰족한 소나무 이파리에는 여러 의미가 매달려 있다. "남
산 위의 저 소나무……" 애국가를 부를 때 가슴을 뜨겁게
지핀다. 궁궐도 소나무로 지을 때 비로소 믿음이 가고 든
든했다. 이야기 속에서 늘 푸른 소나무는 애국지사 같다.
언젠가 국립극장 옥상 음악회 때 건너편 남산에 있는 소나
무와 눈높이에서 마주쳤다. 음악에 맞춰 너울너울 춤추는
모습에 내 가슴도 덩달아 출렁였다.

예전엔 데모 때 애국가로 폐창을 했다. 그것도 4절까지 다
불렀다. "남산 위의 저 소나무"는 2절 들머리에 나온다. 1
절로 끝내는 요즘, 소나무의 감흥은 멀다. 애국가를 자주
부르는 사람이 애국자라는 우스갯소리도 있었다.

소나무들이 사랑만 받은 것은 아니다. 가슴팍에 문신 하
트가 새겨진 슬픈 왕소나무들이 눈에 띈다. 일제강점기에
산자락, 마을 숲, 마을 어귀의 크고 튼실한 소나무에서 송
진을 채취하느라 껍질을 벗겨낸 흔적이다. 그 자리가 아픈

상처를 안고 지금껏 흉터로 남아 있다. 아산 봉곡사 소나무길, 남원 왈길마을 숲길, 홍성 석당산 숲길에서 가슴을 움켜쥐고 끙끙대고 있다.

소나무는 사실 몸으로 싸운 애국지사였다. 임진왜란 때 일본이 끌고 온 안택선[아타케부네] 군함은 삼나무로 만들었다. 만들기가 쉽고 가벼워 빨랐지만, 부딪히면 쉽게 부서졌다. 조선의 거북선, 판옥선은 소나무로 만들었다. 단단하고, 돌진해 오는 적선과 부딪혀도 끄떡없었다. 애국 소나무는 소나무로 만든 거북선 때문에 큰 사랑을 받았다.

더 놀라운 것은, 순전히 소나무를 훔치러 한반도에 왜구가 자주 출몰했다는 것이다. 전라도 관찰사가 제출한 해안가 동태 보고서를 보면 왜선이 해도에 자주 드나드는데 바로 소나무로 만든 배를 노린다는 내용이 있다.*

오랫동안 해안 마을을 침범해 우리 백성들을 괴롭혔던 왜구들은 소나무에서 나오는 송진과 목재에 눈독을 들였던 것이다. 산에 심은 나무 세 그루 가운데 하나는 소나무다. 알고 보니 소나무는 민초들의 가슴앓이이자 아픈 하트였던 것이다.

---

* 세종 3년, 1421년 8월 2일.

돈 나무가 된 나무들

영화 "자산어보"는 정약전의 귀양살이를 담았다.

귀양 온 정약전이 처음 만난 농부와 뒷산 산책길에서 이야기를 나눈다. 농부는 밭에 난 작은 소나무를 몰래 솎아 내버리던 참이었다. 그는 나무에 매기는 세금이 무서워서 뽑아버리는 것이라고 중얼거렸다.

소나무 뽑아내기를 소나무 심듯이 한 것이다[課拔如課種]. 소나무에 세금을 붙여 거둬가니 소나무를 잘 키울 수도, 잘못 키울 수도 없다. 잘 키우면 세금, 잘못 키우면 벌금이다. 소나무는 '돈 나무'였다. 이래저래 서민들의 등골을 휘게 하고 뼈를 녹일 뿐이었다.

《탐라순력도》는 조선시대 제주 풍속도를 담고 있다. 임금님께 귤을 진상으로 올리는 잔치를 그린 생활예술이다. 귀한 귤을 진상하는 것은 지방 수령에게는 큰일이다.

귤나무는 개인이나 나라에 큰 수입원이었다. 지역 특산물을 제대로 파악해서 농업정책을 펼쳐야 하므로 지역 수령은

왕에게 귤을 진상하고, 주민들은 수령에게 보고할 귤나무의 정보를 그렸다. 이로써 귤의 종류, 품종, 재배, 수확 데이터를 구축했다.*

재배한 귤나무의 숫자와 소득량이 정확하지 못하면 곤장감이다. 그 귤나무가 또 원수였다. 그래서 나무를 몰래 죽이거나 뽑아서 내버리는 민초들이 생겨났다. 한때 제주에서는 귤나무를 돈 나무라고 불렀다. 또 대학나무라고도 한다.

서울 회현동은 현자들이 모여 사는 동네였다. '벗을 사귀려거든 현자를 사귀라'는 말에 따라 샌님들이 남산골에 모여 살았다. 거기에 있는 은행나무 한 그루가 선비들에게 사랑을 받았다. 선비들 돗자리에 그늘을 만들어주고, 붓을 든 선비들에게 글감을 주었다. 은행나무는 그 아래에 모여 읽고, 토론하고, 여유를 즐기던 선비들의 자랑거리였다. 머리 맑은 현자들의 친구였던 그 은행나무가 지금도 동네를 지킨다. 오늘을 사는 주민들은 그때를 되새기고 싶어 축제를 연다. 동네 어른 대접을 받는 회현동 은행나무 한

---

* 제주 애월읍의 광령귤(지금의 돈진귤) 모습.

그루가 동네 터줏대감 나무다.

그 은행나무 곁에는 서민들의 가슴을 죄는 '우리은행' 본점이 있다. 세상이 바뀌었다. 글로 머리만 꽉 채운 선비보다 은행 통장을 가득 채운 부자가 더 현자로 대접을 받는다. 돈이 모든 것을 재는 잣대가 된 세상. 회현동 은행나무 옆 은행 창구는 늘 현자들로 붐빈다.

나무 밑에서 자라는
창의력과 예절

사과나무 밑에서 멍때리고 있다가 우연히 떨어지는 사과를 본다. 이 우연한 일이 창의력을 일깨운다. 이때 뉴턴이 만유인력의 법칙을 발견했다는 이야기는 동화다. 어린이들의 창의성을 유발하기 위해 어른들이 지어낸 것이다. 세상 모든 일이 어린이들에게는 창의력을 깨우칠 기회가 된다.

뉴턴의 절친 가운데 핼리라는 이가 있다. 어느 날 그가 이러이러한 실험을 해보면 어떻겠냐며 조심스레 말했다. 이 아이디어는 검증만 되면 무시무시한 '만유인력의 법칙'으로 불릴 내용이었다.

심각한 친구의 말에 대한 뉴턴은 심드렁하게 대꾸했다.

"응, 그거? 내가 20년 전에 했었어."

뉴턴은 이 법칙을 이미 원고로 준비해서 20년 전에 출판하려 했었다는 것이다. 이 사실을 들은 친구는 흥분했다. 왜 출판하지 못했을까? 20년 전에 뉴턴은 왕립학회에서 심하게 비난을 듣고, 자존심이 상해 출판을 접고 원고를 멀찌

감치 던져두고 말았던 것이다.

흥분한 핼리가 왕립학회와 협의하고 출판하는 에이전시 역할을 했다. 뉴턴의 책 《자연철학의 수학적 원리》는 이렇게 출판되었고, 그 책의 서문에는 핼리에게 감사한다는 구절이 있다. 이 만유인력의 법칙을 제시한 책이 《프린키피아》다.*

친구 핼리가 없었다면 이 책이 세상에 나오지 못했을지도 모른다. 사과나무와 더불어 우리가 가르쳐야 할 것이 또 있다. '세상에는 창의력 못지않게 진심 어린 격려'도 꼭 필요하다.

'오성 대감의 뛰어난 설득력'에 대한 이야기도 어린 시절에 귀가 따갑게 들었다. 울타리를 넘어간 감나무를 자기네 것이라고 우기며 감을 따 먹자, 이를 재치 있게 꾸짖는 창의적인 비유 말이다.

어린애가 주먹으로 어른의 문지방을 뚫었다는 무례함에 덧붙여 예절을 가르치는 대목까지도 등장한다.

"어르신, 이 무례한 행동은 나중에 정중히 사과드리겠습

---

* 1684년 원고를 제출하고, 1687년에 출판했다. 1713년, 1726년에 개정판을 출간한 뒤 네 권째 출판을 준비하다가 1727년에 세상과 이별했다.

니다만, 이 주먹은 누구의 주먹이며 저 감나무는 누구의 것이옵니까?"

어른들은 이야기 속에서도 예절교육을 빼놓지 않았다. 나무는 울타리로 쓰이면서 경계를 구분하기도 하고, 이웃 간의 예절을 가르쳐주기도 한다.

전에 지방 도시의 공공기관 책임자로 일할 때 이야기다. 이웃집 아저씨라며 내 방문을 두드리는 이가 있었는데, 잘 익은 자두 한 바가지를 들고 왔다.

우리 사무실 건물의 울타리에 있는 자두나무가 그 집으로 넘어가 자라는데, 직원들이 신경을 안 쓰니 자기가 관리하며 자두를 따 먹는단다. 그런데 올해는 어른이 새로 오셨다는데 먼저 맛이라도 보게 몇 개 드리고 그 뒤에 자기네가 먹어야 할 것 같아서, 인사할 겸 해서 따가지고 왔다는 것이다. 이런 인심으로 감동을 주는 이웃이 고마웠다.

나중에 그 플라스틱 바가지를 빈 채로 돌려드릴 수가 없어 고심하다가 증정용으로 개발한 기념품 몇 개를 담아 들고 찾아갔다. 생명이 숨 쉬는 열매를 선물로 받고는, 생명도 없는 것을 드리니 미안했다.

우리는 그 뒤 친구처럼 지냈다. 경계를 지으려고 심어둔

나무가 자라서 이웃을 이어주기도 한다. 나무는 감싸는 덕목으로 인간을 교육시킨다.

나무에게도 욕심이 있다

가녀린 풀은 나무가 될 꿈을 꾼다. 자신을 담금질하는 모습이다. 세상이 바뀔 때마다 어쩔 수 없었다며 변명을 늘어놓는다. 사실은 욕심이 없어서가 아니라 기가 딸리기 때문이다. 기가 흐트러져 소진되면, 맘이 걷잡을 수 없이 흔들린다. 그래도 들풀처럼 스러지기 싫어 나무는 욕심을 낸다.

늘 푸른 소나무처럼 변치 않는 뜻있는 사람들의 심성. 꽃처럼 눈부시지는 않지만, 곁에서는 늘 볼 수 있어 든든하다. 그 마음에 곡을 붙여 세월을 이어가며 나갈 길을 노래한다.

도연명과 소동파는 소나무와 잣나무의 절개를 노래한다.

> 연명(陶淵明)은 소나무 길을 노래하고, 파선(坡仙, 소동파)은 백당(栢堂)을 읊었네. 어느 꽃들은 피고 시들 뿐이지만, 한겨울 절개로 굳건함 더욱 빛나네.
>
> — 반준기(潘遵祁)

들풀처럼 피고 질 일 없는 송백의 의지를 노래한다. 들풀 같은 인간으로 스러지지 않으려면 배워야 한다고 다그친다.

군자가 송백에게 무엇을 배워야 하는지를 알 수 있다. 절의를 높이 세우지 않으면 안 되는데, 이는 세상을 깔보려는 것이 아니라 조금이라도 신중하지 않으면 여느 풀들과 한 무리가 될 수 있기 때문이다. 스스로를 엄하게 담금질하지 않으면 안 되는데, 이는 단순히 옛사람을 따라 하려는 것이 아니라 조금이라도 삼가지 않으면 스스로 그 의지를 잃을 수가 있기 때문이다.

– 장악진(章岳鎭)

스스로를 신중하게 담금질하지 않으면, 여느 풀처럼 맥없이 쓰러지게 될 것을 우려한다. 꽃처럼 화려하지는 않지만 제자리서 변덕 없이 늘 푸른 소나무.

그 맑은 정신을 높이 산다면, 그 나무의 곁가지를 나누는 이들도 모두 소나무다. 그래서 뜻있는 이웃과 더불어 살며 선뜻 공감의 결을 나눈다.

나무도 보고 또 보면 공감을 준다. 화사하지는 않지만 공감을 서로 나누는 생각으로, 덧붙여 맑은 정신과 굳은 절개로 스스로를 담금질하도록 격려한다. 그 정도는 욕심을 내야 지닌 뜻을 지킬 수 있기에……

나무도 사람처럼 욕심이 있다. 떡잎이 좋은 나무의 욕심은 그저 단순한 욕심이 아니다. 마치 뜻있는 사람의 욕심은 그저 욕심이 아니듯이.

나무와 공감하며 살자!

책장을 넘길 때마다 손끝에 나무 향이 깊게 밴다. 나무를 향한 작가의 애틋한 시선이 페이지마다 넘실거린다. 간결하고 담백한 문장들은 어디에도 치우치지 않는 나무의 중도를 드러내고, 다정하고 위트 있는 문장들은 나무의 무한한 사랑 이야기를 담아낸다. 한 장, 한 장 나아갈 때마다 마음속에 주렁주렁 열매가 맺히고, 온몸에 온기가 가득해진다. 작가는 나무 이야기를 통해 따스한 에너지를 전해준다.

추사 김정희는 유배지에서 쓸쓸했던 마음을 단풍나무에게 위로받았다고 한다. 성삼문은 올곧은 대나무를 닮고자 '대나무'를 호로 삼아 어지러운 세태 속에서도 중심을 잃지 않았고, 개혁군주 정조는 솔향기로 평정심을 가다듬었다고 한다. 외롭고 힘들 때마다 힘이 되어준 나무가 곁에 있었다니 마음이 안심된다.

그러다가도 늘 곁을 내어주는 봉수대 호위무사 느티나무와 배고픈 시절 허기를 달래주었다는 이팝나무 이야기에는 마음이 애잔해진다. 모든 아픔을 견디며 버텼을 회화나무와 지은 죄도 없이 죄인 나무가 되어버린 살구나무 이야기에선 또 눈물이 맺힌다. 쓸쓸히 홀로 긴 세월을 버텼을 나무를 생각하면 더욱더 마음이 아려온다. 작가가 건네주는 이야기를 따라 마치 숲길을 걷듯 걷다 보면 기쁘고, 슬프고, 때론 화가 나며 내 안의 모든 감정이 널뛴다. 감정이 일렁이니 자연스레 내 유년 시절을 함께했던 나무들이 떠오른다. '이제 집에 다 왔구나!'를 알려주는 골목 어귀의 은행나무, 담장 너머로 달콤한 열매를 건네주었던 무화과나무, 언제 찾아가도 힘든 내 몸을 안아주던 뒷산 참나무. 문득 '내 삶에도 이렇게 많은 나무가 함께했었나?' 새삼 놀란다. 작가의 의도가 더욱 분명하게 느껴진다. '거봐! 나무는 평생 우리 곁을 지켜주고 있었어!'라고 말이다. 한바탕 이야기 숲에 푹 빠져 있다 나오면 마음이 개운해진다. 나무에 열린 이야기는 이토록 마음에 안식을 건네준다. 이것이 바로 문화의 힘이다.

"흙과 나무에 기대고 평생을 사는 이들에게 삶의 법칙은 그리 복잡하지 않다"는 작가의 말처럼, 발을 동동거리거나 도대체 무엇을 어떻게 헤쳐나가야 할지 모를 때 곁에 있는 나무에게 넌지시 물어보자. 문득 세상에 혼자인 듯 사무치게 외로움이 밀려와도 "눈길 주는 이 따로 없어도 그냥, 살아남아 있는 내 곁의 나무를 보면 금세 위로를 얻을 것이다.

마지막 책장을 넘기면 어느새 나무들의 향기가 가득하다. 그것도 주렁주렁 문화꽃이 피어 있는 나무들의 향기다. 이전과는 다르게 더욱 향긋하고, 더욱 푸르며, 더욱 따스하다. '맞다! 나무는 늘 우리 곁에서 더불어 살고 있었지.' 새삼 그 사실을 일깨워줘서 고마운 책이다. '나도 나무처럼 내 자리에서 나를 실현하며 살면 되겠지!' 읽고 나면 절로 힘이 나는 마법 같은 책이다.

최인호 (문화학박사)